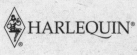

HARLEQUIN® *Fuego*

D1413317

LA CONQUISTA
DEL PLACER

Lori Wilde

Editado por HARLEQUIN IBÉRICA, S.A.
Hermosilla, 21
28001 Madrid

I.S.B.N.: 84-671-2881-X
Depósito legal: B-24202-2005
Editor responsable: Luis Pugni
Fotomecánica: PREIMPRESIÓN 2000
C/. Algorta, 33. 28019 Madrid
Impresión y encuadernación: LITOGRAFIA ROSÉS, S.A.
C/. Energía, 11. 08850 Gavá (Barcelona)
Fecha impresion Argentina: 6.4.06
Distribuidor exclusivo para España: LOGISTA
Distribuidor para México: CODIPLYRSA
Distribuidores para Argentina: interior, BERTRAN, S.A.C. Vélez
Sársfield, 1950. Cap. Fed./ Buenos Aires y Gran Buenos Aires,
VACCARO SÁNCHEZ y Cía, S.A.
Distribuidor para Chile: DISTRIBUIDORA ALFA, S.A.

1

—¿Sabes lo que necesitas?

—¿Qué?

—Emborracharte y ligar con el primer hombre que te guste. Es la mejor forma de conseguir que se te pase la depresión por el abandono en el altar.

Abby Archer miró a los ojos a Tess Baxter, su mejor amiga. Estaban sentadas en las tumbonas de madera, detrás de la iglesia. Abby aún llevaba puesto su vestido de novia de ochocientos dólares y los zapatos de baile a juego, mientras que Tess seguía con su vestido de madrina color melocotón y sus sandalias.

Fue entonces cuando Abby se dio cuenta de que Tess llevaba las uñas pintadas de color verde fosforescente. No pudo evitar sonreír ante la extravagante laca que había escogido su amiga.

Tess le mostró la botella de tequila y la bolsa con rodajas de limón que tenía en las manos.

—Ya tengo la bebida —dijo—. Ahora, vamos a buscar hombres.

—Gracias por tratar de animarme, pero sinceramente no necesito emborracharme ni vivir una aventura de una noche para reparar mi amor propio. Dejarme plantada ha sido lo mejor que podía hacer Ken por nosotros.

—¿Puedes dejar de hacer eso?

Tess abrió la botella de tequila y lanzó el tapón por encima de su hombro. Aterrizó con un sonido sordo en el césped aún húmedo por la lluvia matinal; algo inusual para mayo en Phoenix.

—¿A qué te refieres?

—A esa tontería de buscar el aspecto positivo. Te han plantado el día de tu boda. Tienes derecho a abusar del alcohol.

—En serio, no me lo he tomado mal. De hecho...

—De hecho, ¿qué?

Abby bajó la voz, jugueteando con el encaje azul del pañuelo que se había metido en el bolsillo para tener algo azul, y reconoció:

—Me siento aliviada.

Tess emitió un sonido burlón.

—Sea como sea, Ken te ha humillado. Si un tipo me dejara plantada así, buscaría una azada y le cortaría sus partes masculinas. Chop, chop.

—Mi mejor amiga, la reina del drama —dijo Abby, cariñosamente.

—Eh —replicó Tess, chasqueando los dedos—. ¿Quieres que lo castre por ti? Me presto voluntaria como matona personal.

—Aprecio la lealtad, pero creo que dejaré que

Ken conserve sus genitales. Los necesitará para su futuro con Racy Racine.

—Sigo sin poder creerme que se haya escapado con una gogó.

Tess bebió un trago de tequila, hizo una mueca y mordió una rodaja de limón. Le ofreció la botella a Abby y arqueó una ceja, invitándola a tomarla.

Abby movió la cabeza en sentido negativo y le hizo una seña para que apartara el tequila. Los goznes de metal de la hamaca crujieron.

—Jamás habría esperado que Ken hiciera algo tan descabellado. A fin de cuentas, iba a casarme con él porque era estable, previsible y fiable.

—Y porque tu padre lo aprobaba.

—También por eso.

—¿Sabes qué? Creo que deberíamos cambiar los billetes de tu viaje de novios para irnos a algún sitio. Tú ya te has pedido dos semanas de vacaciones, y yo estoy libre ahora. Vamos a hacer algo salvaje y alocado. Como ir a Nueva Orleáns y ponernos un piercing en la lengua.

—¡Ay! ¡No!

—Vamos, he oído que estimula el placer sexual —dijo Tess, tratando de convencerla.

Abby puso los ojos en blanco.

—Para ti todo estimula el placer sexual.

—Bueno, si no fuera así, debería serlo.

—El sexo está sobrevalorado.

Tess sonrió divertida.

—Dices eso porque nunca has tenido buen sexo.

—No me parece que sea nada del otro mundo.

Tess suspiró y se pasó una mano por el pelo.

—Pero bueno, Abby, ¿nunca te has dejado llevar por el momento?

—Sabes lo que opino sobre dejar que mis emociones se descontrolen. Es indigno y destructivo.

—Di la verdad. Cuando hacías el amor con ese aburrido, ¿no fantaseabas con un hombre explosivo y apasionado que se enamoraría de ti, te llevaría a la cima de una montaña como por arte de magia y te amaría salvajemente?

—¡Tess!

—Contesta a la pregunta.

—A veces —murmuró Abby.

En realidad, lo pensaba todo el tiempo, y por ello se esforzaba tanto por mantener en secreto sus deseos sexuales. Conocía por experiencia los estragos que podía provocar la pasión desbocada. Una oscura obsesión que la aterraba.

A Tess se le iluminaron los ojos.

—¡Dilo! ¿Es un famoso? ¿O tu amante de las fantasías es alguien que conoces?

—De verdad, no quiero hablar de esto —dijo Abby, pero no pudo evitar pensar en Diego Creed.

Lo imaginaba igual que cuando tenía dieciocho años, cuando se había marchado de su vida para siempre. Pantalones vaqueros negros, chaqueta de cuero negra, camiseta negra, montado en su Ducati y suplicándole que se escapara con él; las duras facciones acentuadas por la luna; la oscura cabellera al viento; los ojos negros y penetrantes.

Y aquella sonrisa pícara y maravillosa que

sólo prometía problemas. Era lo opuesto a un caballero de armadura reluciente y corcel blanco.

En sueños, Abby ansiaba que cumpliera la promesa implícita en su sonrisa; pero en realidad, lo había apartado sin cruzar aquella línea peligrosa. No se había dejado llevar por los impulsos.

Por suerte. Era lo más inteligente que había hecho en su vida. O al menos era lo que no dejaba de decirse.

—Ésta es la primera vez que insinúas que tienes sueños eróticos —dijo Tess—. Te lo tenías bien guardado. Cuéntame.

—Es tonto. Irracional. Y debería saberlo muy bien.

Abby tocó el suelo con la punta del pie, manchando sus prístinos zapatos blancos con la tierra roja de Arizona. Sabía que los estaba estropeando, pero a aquellas alturas, daba igual.

—Abby, todo el mundo tiene fantasías sexuales. Es normal. En serio. Empezaba a pensar que eras un bicho raro. Me alegra oír que sueñas con un amante.

—¿Normal? ¿Durante diez años? ¿Incluso cuando estaba prometida? A mí no me parece nada normal. No debería haber fantaseado con nadie más que con Ken.

—Si hubieras fantaseado con Ken, estarías llorando como una magdalena, desconsolada por el plantón.

—Tal vez, si hubiera fantaseado con mi apuesto y seguro Ken y no con un fantasma de otros tiempos, no me habría plantado en el altar.

—¡Dios! —exclamó Tess, dando palmadas de júbilo—. ¡El hombre de tus sueños es Diego Creed!

—Nada de eso —se apresuró a mentir Abby, llevándose el pañuelo a la nariz para contener un estornudo.

—Si el amante con el que fantaseas no es Diego, ¿por qué estornudas?

—Porque tengo alergia.

—Eso es mentira, y lo sabes. Cada vez que niegas tu pasión empiezas a estornudar.

—No es cierto —refutó Abby, estornudando de nuevo.

—¿Ves lo que digo? Si no paras de mentir sobre tus deseos, te va a dar un shock anafiláctico. Además, no es algo de lo que debas avergonzarte; la mitad de las mujeres de Phoenix fantasean con Diego.

—Precisamente por eso no sentí... no siento nada por él...

Abby estornudó una tercera vez.

—Creo que estornudas demasiado.

—De acuerdo, está bien —refunfuñó Abby—. Estaba loca por él.

—¿Y era tan difícil confesarlo?

«Sí», pensó Abby. Pero al menos no había vuelto a estornudar.

—En realidad, no importa. Estoy segura de que Diego Creed me odia a muerte. Me porté muy mal con él.

—¿Qué dices? Jamás te has portado mal con nadie.

—Me negué a confiar en él. Le dije que no po-

día tener ningún futuro con un delincuente común.

Aun después de tantos años, Abby sentía re-
mordimientos por la dureza de las palabras que
se había visto obligada a pronunciar.

—Lo hiciste para protegerte —dijo Tess—.
¿Qué otra cosa podías hacer? Y estoy segura de
que, a estas alturas, habrá superado tu rechazo.
Además, ¿qué esperaba? Te dio un ultimátum,
pretendiendo que eligieras entre él y tu vida en
Silverton Heights.

—Estaba herido y confundido. Fue un golpe
muy duro que su padre se casara con una mujer
mucho más joven, apenas cuatro meses después
de la muerte de su madre. Y más, que se pusiera
del lado de su nueva esposa y en contra de su
propio hijo.

—Y probablemente las cosas se complicaron
más cuando tu padre metió a Diego en la cárcel
una semana por destrozar el almacén de su madrastra.

Abby sacudió la cabeza. Había sido una época
difícil de su vida. Aunque sabía que, sin duda, había sido mucho más dura para Diego.

—Por favor, ¿podemos cambiar de tema? —
preguntó.

—¿Justo cuando por fin averiguo lo que me
ocultabas? No me extraña que te alegres de que
Ken haya huido con Racy Racine. Sigues enamorada de Diego.

—Nunca estuve enamorada de él —replicó
Abby, pero su corazón dio un salto—. Era pura
ansiedad adolescente mezclada con hormonas.

—Está bien. Así que no estás loca por él porque dejaste que se fuera.

—Maldita sea. No estoy loca por él. Sólo es una fantasía estúpida.

—No sigas por ahí o empezarás a estornudar de nuevo —dijo Tess, divertida—. ¿Seguro que no quieres un trago de tequila?

—El alcohol no es la respuesta.

—Entonces, ¿cuál es?

Abby se cruzó de brazos.

—No lo sé.

—Yo sí —afirmó Tess.

Abby la miró de reojo.

—Dime.

—Tienes que sacártelo del cuerpo.

—¿Sacarme qué del cuerpo?

—A Diego.

Abby resopló.

—¡Por favor!

—Hablo en serio. Cuando se marchó te quedaste preguntándote cómo habría sido estar con él. Y es probable que sigas sintiéndote culpable por la forma en que lo heriste, a pesar de que los dos sabíais que no tenías elección.

—No podía irme con él, Tess. Tenía diecisiete años, y mi padre estaba furioso.

—Estoy de acuerdo, pero al parecer te has pasado los diez últimos años fantaseando con él. Una fantasía que ningún otro hombre podría convertir en realidad, y menos alguien tan aburrido como Ken. Lo ideal, la mejor manera de exorcizar el fantasma de Diego, sería encontrar al encantador señor Creed y sorberle el seso.

—Lo más seguro es que esté felizmente casado y tenga un montón de niños con los mismos ojos negros arrebatadores.

—No, no está casado.

Abby frunció el ceño y se le aceleró el corazón.

—¿Cómo lo sabes?

—Vi un reportaje sobre él en la revista *Arizona* hace un par de meses. Se dedica a ayudar a jóvenes con problemas afectivos, y el periodista comentaba que era un soltero muy codiciado.

Abby se tapó los oídos. No quería oír nada más.

—No me hables de él.

—Está bien, olvida a Diego. Entonces ve a buscar a un sustituto al que sorber el seso. Cualquier chico malo y salvaje debería servir.

El corazón de Abby dio un vuelco. La extravagante solución de Tess tenía cierto sentido. Estaba preocupada por las incesantes fantasías nocturnas de las que parecía no poder librarse, fantasías obsesivas que la alteraban mucho más de lo que quería reconocer.

No quería sentirse así. Quería quitarse a Diego de la cabeza para poder entregarse en cuerpo, mente y alma al próximo hombre sensato, tranquilo y estable que encontrara; algo que no había podido hacer con Ken.

—El problema es que no tengo valor para vivir una aventura alocada. Ya me conoces, Tess. Tengo que hacer una investigación de mercado antes de cambiar de pasta de dientes. ¿De verdad me imaginas acostándome con el primer tipo apuesto que se cruce en mi camino?

—Oh- oh —advirtió Tess—. Hablando de acostarse con cualquiera, ahí viene Cassandra.

Abby suspiró y miró a su madre, que llevaba una minifalda muy ceñida y tacones de diez centímetros, y avanzaba hacia ellas a pasos cortos, con una copa de champán en una mano y un cigarrillo mentolado en la otra.

—Bueno, por lo menos viene sin el amiguito —comentó Tess.

—Algo es algo.

—¿Sabes qué? —dijo Tess, saltando de la tumbona—. Creo que voy a llamar a la agencia de viajes para que te devuelvan el dinero del viaje de novios a Aruba. Podríamos irnos esta misma noche a vivir una aventura excitante. Las Vegas, Nueva Orleáns, Miami. Lo que surja. ¿Qué dices?

—Digo que huyes para no tener que hablar con Cassandra.

—También —reconoció Tess, con una sonrisa—. ¿Quieres que te deje el tequila? Puede que lo necesites.

—Mi madre se lo bebería todo.

—Tienes razón —dijo Tess, guardándose la botella debajo del brazo—. El tequila se queda conmigo.

Tess y Cassandra se sonrieron con falsedad cuando se cruzaron. Por algún motivo, su mejor amiga y su madre siempre se habían llevado mal. Abby nunca les había dicho nada, pero siempre había pensado que la animosidad que había entre ellas se debía a que eran como dos gotas de agua: impulsivas, extravagantes y atrevidas.

—Hola, cariño.

Su madre se sentó en el lugar que Tess había dejado libre. Olía a colonia barata y a tabaco.

—Hola, Cassandra.

La mujer le puso una mano en el hombro y susurró:

—Si quieres, hoy puedes llamarme mamá.

Abby sacudió la cabeza. Después de dejar a su padre, su madre había insistido en que Abby la llamara Cassandra para que los hombres con los que salía no supieran que tenía la edad suficiente para tener una hija de ocho años. Cuando Abby se hizo mayor, Cassandra comenzó a robarle la ropa y a coquetear con sus novios. Con todos menos con Diego. Abby nunca se lo había presentado.

—¿Cómo estás? —preguntó Cassandra, bebiéndose el resto del champán y dejando la copa en la mesa de al lado.

—Bien.

—Tu padre parece estar pasándolo muy mal. Pide disculpas a los invitados como si la culpa fuera suya.

—Ken era su jefe de campaña, y ahora tendrá que despedirlo. Eso no le hace gracia. Además, papá se siente responsable porque él nos presentó y aprecia mucho a Ken.

—Sí, bueno, Dios los cría y...

—Por favor, no sigas.

—Tienes razón, no vale la pena. Pero seguro que tu padre ha perdido muchos seguidores con esta boda fallida. Le concederé el beneficio de la duda e intentaré creer que está más preocupado por ti que por cómo va a afectar esto a su número de votantes.

Abby se mordió la lengua, pensativa. Tenía años de práctica en la mediación entre sus padres. De hecho, había sido un entrenamiento excelente para su trabajo como responsable de relaciones públicas de una importante organización sin ánimo de lucro. Había aprendido muy bien la lección y no estaba dispuesta a morder el anzuelo de Cassandra.

—A nadie le importa que me hayan plantado en el altar. Papá es el que se presenta para gobernador, no yo. Y no tienes que preocuparte por el precio de la boda. Papá había contratado un seguro.

—No me cabía duda —declaró su madre, con una carcajada mordaz —. Wayne siempre es tan sensato...

Lo pronunció como si fuera un insulto. Después se quedaron en silencio; Abby, ensuciándose más los zapatos, y su madre, fumando.

—¿Quieres ir a comprar zapatos o algo así? —preguntó Cassandra.

Para su madre todo se resolvía yendo de compras.

—Estoy bien —afirmó Abby, forzando una sonrisa—. En serio. Puedes volver a Tahoe con Tad, si quieres.

—Se llama Tab, cariño.

—Como sea.

Su madre estiró la mano y le apartó un mechón de pelo de la frente.

—Ken no te convenía y lo sabes.

—Creo que lo he sospechado al ver que no se presentaba en el altar.

—Eres demasiado apasionada para un zopenco como él.

—Aparentemente, Ken no es tan zopenco, porque ha conseguido captar la atención de Racy Racine.

Cassandra hizo un gesto desdeñoso con la mano.

—Eso no durará. A la gogó sólo le interesa su dinero. En cuanto descubra que estar con él es tan estimulante como chupar un clavo, le robará la cartera, y él vendrá arrastrándose a ti. Pero ni se te ocurra volver con él. Como he dicho, eres demasiado fogosa para un tipo como él.

Abby rió sin humor.

—Sí, claro. Soy tan fogosa que hasta el aburrido de Ken me deja.

—Reprimes tu pasión porque temes ser como yo.

—No me parezco a ti. En nada —protestó Abby, antes de estornudar.

—Niega lo que quieras, cariño. Ese estornudo lo dice todo.

—¡Tengo alergia!

—Entonces, ¿por qué sólo estornudas cuando la conversación gira en torno a los sentimientos apasionados?

—Estornudo en otros momentos.

—¿De verdad?

—Sí.

Abby sabía que estaba mintiendo, y Cassandra sonrió con complicidad.

—Te guste o no, mi sangre gitana corre por tus venas, y esos ataques de estornudos son la forma en que la naturaleza intenta hacerte ver la verdad.

Abby pensó en Diego y el miedo se encendió en su corazón. Se preguntaba si su madre estaba en lo cierto y, en efecto, estaba sentada sobre un volcán de pasión, que esperaba para entrar en erupción y arrasar todo lo que encontrara a su paso. Tragó saliva.

—No es nada que no cure un buen antihistamínico.

—Eso es lo que tú crees. La verdad es que estás ansiosa por expresar tus deseos más ocultos. En lo más hondo de tu ser, sabes que es así.

—Te equivocas. No tengo deseos ocultos —mintió Abby, apretándose la nariz para contener un estornudo.

—Entonces, ¿por qué eres tan amiga de Tess?

—Porque me cae bien.

—¿Y por qué te cae bien?

—Porque es divertida.

—Exacto. Te has hecho su mejor amiga para poder vivir a través de ella. Hace todo lo que temes hacer, y tú la sigues. Pero más tarde o más temprano, por mucho que trates de evitarlo, tu carácter apasionado saldrá a la luz. Como me ocurrió a mí.

—No si me resisto.

—Es más fuerte de lo que crees, cariño. Te aseguro que traté de ser una buena esposa para Wayne y una buena madre para ti. Traté de llevar un estilo de vida aburguesado, pero no pude. Me sentía sofocada, asfixiada, invisible. Tenía que ser yo misma, y no me arrepiento.

—No es necesario que te justifiques.

—No me estoy justificando. ¿No lo entiendes? Trato de advertirte.

—¿De advertirme de qué?

—De que una vez que abres la caja de Pandora, una vez que se libera tu verdadera pasión, no hay vuelta atrás.

—¿Quieres decir que hago mal al reprimir mis deseos irracionales para buscar la calma, la serenidad y la objetividad calculada?

—No, lo que digo es que más tarde o más temprano tendrás que afrontar quién eres de verdad. Y cuando lo hagas, dejarás de tener alergias. Algo tiene que estallar antes o después. No puedes seguir tratando de ser perfecta sólo para complacer a tu padre.

—Estás tan equivocada que da risa.

—¿Eso crees?

—Sí.

—Entonces, demuéstralo —la desafió su madre.

—¿Que demuestre qué?

Abby parpadeó, preguntándose de qué hablaba Cassandra.

—Desmelénate. Haz algo salvaje, loco y desinhibido.

—Salvaje, loco y desinhibido... —repitió Abby.

—Sí. Quítatelo de la cabeza. Demuestra de una vez por todas que no eres como yo. Vete de viaje a un sitio donde nadie te conozca y haz locuras. Seduce a un desconocido. Ten noches de sexo desenfrenado. Imita a Tess.

—No es necesario.

—¿En serio? ¿Tratas de decirme que no fantaseas con dejarte llevar por tus impulsos, con escapar de todo, con ser libre?

Abby tragó saliva, pero no contestó.

—Haz la prueba. Si me equivoco y no eres una chica mala y apasionada atrapada en el cuerpo de una chica buena, no pasará nada malo. Volverás a casa con unos cuantos recuerdos agradables, regresarás a tu vida estable y segura, y podrás quedarte tranquila sabiendo que esa pasión nunca te inducirá a escapar de tu marido y de tus hijos.

—Lo pensaré. Gracias por los ánimos —dijo Abby, sentándose sobre las manos para evitar que Cassandra viera cómo temblaba—. Tu consejo maternal es muy valioso en esta etapa de mi vida.

—¿Por qué eres tan sarcástica, Abby?

Su madre parecía encontrar divertida la situación.

—Lo siento, pero he tenido un mal día.

—Ahora no te eches atrás. Defiéndete. Dame mi merecido. Muestra algo de pasión.

Pero Abby no estaba dispuesta a darle la satisfacción de perder la compostura.

—Que tengas un buen viaje de vuelta a casa —se limitó a decir.

—¿Puedo irme?

Cassandra amplió la sonrisa, se puso de pie y tomó la copa de champán vacía.

—Te quiero, mamá —dijo Abby—, pero nunca nos pondremos de acuerdo en esto.

—Oh, cariño, mi niña, mi dulce e inocente niña...

Cassandra le besó una mejilla, se dio la vuelta y se marchó, contoneándose y dejando su persistente olor a tabaco y colonia barata en la piel de Abby.

Dos minutos después de que su madre regresara a la iglesia, Tess salió dando brincos, radiante y agitando el papel que tenía en la mano.

—He encontrado el lugar perfecto para nuestra fuga.

Apesadumbrada, Abby imaginó que irían a jugar a los dados a Las Vegas, a emborracharse en el Barrio Francés de Nueva Orleáns o a bailar el mambo con fogosos latinos en Miami. Se preguntaba si podría hacerlo, si debía y si lo haría.

Estornudó suavemente en su pañuelo de encaje, y recordó lo que le había dicho Ken cuando la había llamado para decirle que no iba a presentarse en la boda: «No eres lo bastante ardiente, Abby. Mírate. Si estuvieras comprometida emocionalmente conmigo, tendrías celos de Racine y me arrancarías los ojos por tratarte de esta manera. En cambio, me dices que está bien. Ése es el problema entre nosotros: que no hay fuego. Por eso no puedo casarme contigo».

Después, pensó en las palabras de Tess: «La mejor manera de exorcizar el fantasma de Diego sería encontrar al encantador señor Creed y sorberle el seso».

Y, finalmente, el peligroso desafío de su madre: «Desmelénate. Haz algo salvaje, loco y desinhibido. Demuestra de una vez por todas que no eres como yo».

Una parte de ella quería aceptar el reto. Quería saber si su madre tenía razón y eran iguales.

—Tierra llamando a Abby —dijo Tess, chasqueando los dedos frente a la cara de su amiga.

—¿Qué?

—¿No quieres saber adónde vamos?

Abby cerró los ojos y se preparó para lo peor.

—Soy toda oídos.

—Una semana de mimos y relajación en el balneario Tranquility de Sedona.

Abby abrió los ojos y miró a su amiga.

—¿Sedona? ¿De verdad?

—Así es.

—¿Me tomas el pelo? ¿A la calma y la paz de Sedona? ¿Con paseos por el Gran Cañón y baños de arcilla balsámica?

—He pensado que lo que necesitas es paz y tranquilidad.

El cariño de su amiga la abrumaba. Aquel viaje reconstituyente era justo lo que necesitaba. No le hacían falta emociones ilimitadas ni alborotos. No tenía que ser salvaje ni temeraria para demostrarse nada. Lo único que necesitaba era un lugar tranquilo donde poder relajarse y mirar su vida con cierta perspectiva.

Saltó de la tumbona y envolvió a Tess en un gran abrazo.

—Gracias. Te lo agradezco tanto...

—¿Para qué están los amigos? —replicó Tess.

—Pero ¿qué hay de ti? Querías sexo y diversión.

—Bueno —dijo Tess, con una sonrisa cómplice—. Da la casualidad de que el hombre de mis sueños, Colin Cruz, va a estar rodando una película en Sedona. Con un poco de suerte veremos el rodaje. Además —bajó la voz—, ¿sabes de qué me he enterado?

—¿De qué?

—De que la energía electromagnética de Sedona intensifica el placer orgásmico.

—Bromeas.

—Al parecer, no hay nada comparable con el sexo en un vórtice energético.

2

—Buenos días, guapo.

La voz grave y ronca de Connie Vargas, la telefonista de Sunrise Jeep Tours, sonó desde el tablero de mandos.

Diego Creed sonrió. Connie tenía sesenta y cinco años, pero coqueteaba como si tuviera diecisiete. Él admiraba que no dejara que la edad la afectara negativamente.

—Hola, Connie. ¿Has dormido bien?

—No muy bien, vaquero —contestó ella, con picardía—. No estabas en mi cama.

—Créeme, Connie, no estaría a tu altura.

Ella rió entre dientes.

—Sí, claro, he oído lo que se rumorea sobre ti.

—Patrañas, viles patrañas.

Connie resopló sin delicadeza.

—¿Qué hay de las chicas de ciudad que vienen aquí y preguntan expresamente por ti? ¿Pretendes que crea que no les ofreces más servicios que los que incluimos en nuestro recorrido turístico normal?

Diego se hizo el ofendido.

—¿Estás poniendo en duda mi integridad?

—No, pero creo que tus próximas clientas harán que tu integridad sude la gota gorda.

—¿Qué?

—Tienes que ir a recoger a dos personas al balneario Tranquility. Han contratado un recorrido por los vórtices a nombre de Baxter, y la señorita ha solicitado que el guía sea Diego Creed. Además, sonaba muy sensual.

—Voy en camino.

—Estoy segura de que te darás prisa, vaquero. Cambio y corto.

Diego sonrió, sacudiendo la cabeza, y condujo su todoterreno naranja por el estrecho camino de L'Auberge para luego girar al Oeste en dirección al cursi y apartado balneario. Pasó por delante del Café Black Cow, mientras el cálido viento del desierto le agitaba el pelo y la sangre, y dobló a la derecha en la bifurcación.

Desde allí echó un vistazo a Cathedral Rock, que se alzaba orgullosa y majestuosa en la distancia. El sol que se filtraba por las nubes hacía que pareciera que la formación rocosa se movía, en una bella danza de luces y sombras. La visión de aquellas montañas siempre despertaba algo primitivo en el interior de Diego.

Una motocicleta apareció a su izquierda. Él volvió la cabeza, atraído por el sonido del motor. Cuando vio que era una Ducati pensó en

Abby Archer y se le hizo un nudo en la garganta.

No le costó recordar qué aspecto tenía la última vez que la había visto. De pie en el balcón de la casa palaciega de su padre, con un vestido blanco que, gracias a la luz de la luna, traslucía cada centímetro de su cuerpo inmaculado. El pelo oscuro, que solía llevar recogido en una coleta, le caía en aquella ocasión sobre los hombros. Se adivinaban sus senos erguidos y firmes, y su piel clara tenía un brillo sensual.

Ella había sido muy especial. Como Sedona. Bella, serena y tranquila en la superficie, pero con un torrente de energía apasionada por debajo. Tal vez aquél era el motivo por el que Diego había acabado en Sedona. Siempre había tenido debilidad por el contraste entre el fuego y el hielo.

Y si Abby y él hubieran explorado a fondo la química que había entre ellos, probablemente habrían sufrido una combustión espontánea.

Pero ella le había dicho que no confiaba en él; que era demasiado salvaje, demasiado indómito, demasiado temerario para ella. Y aunque las lágrimas de sus ojos contradecían sus palabras, él no había tenido más alternativa que dejarla atrás.

Diego suspiró. Era una suerte que no hubiera ocurrido nada entre ellos. Aunque procedían del mismo mundo de privilegios, ella encajaba, y él nunca lo había hecho, como demostraban los diferentes caminos que habían escogido recorrer. Abby se había quedado con lo conocido, y él había elegido la ruta menos transitada.

El problema era que, de vez en cuando, Diego no podía evitar preguntarse qué habría pasado.

Dobló en la entrada del balneario y redujo la velocidad para enseñar el pase en la puerta de seguridad. El guardia le indicó que pasara, y él siguió hasta la entrada principal.

Había dos mujeres bajo el toldo. Una era una pelirroja delgada, vestida con ropa moderna y con unas sandalias de tacón totalmente inapropiadas para ir de excursión por las montañas.

Mentalmente, Diego puso los ojos en blanco y pensó en lo ridículos que podían llegar a ser los turistas.

La otra mujer era una morena impresionante que llevaba unos pantalones cortos de lino, una camiseta roja con un escote que le realzaba los senos y un par de zapatillas que, a pesar de su sencillez, le realzaban las piernas maravillosamente. Tenía puestas unas gafas de sol caras y un sombrero de paja que le cubría el pelo y la protegía del sol.

A Diego se le hizo la boca agua. Lo más extraño era que la morena se parecía mucho a Abby. Tenía los mismos labios carnosos, la misma postura y el mismo hoyuelo en la barbilla. Tal vez por ello se había sentido atraído inmediatamente.

Sintió un tirón en el pecho. Había estado pensando en Abby y de pronto la veía. Sin duda, tenía que ser un efecto de la luz y de su imaginación. Apagó el motor y bajó del todoterreno para averiguar si eran quienes habían contratado un paseo a nombre de Baxter.

Se acercó a la pelirroja.

—Hola, trabajo en Sunrise Jeep Tours, ¿han contratado un...?

Diego se interrumpió cuando la morena respiró bruscamente y se quitó las gafas. Al ver aquellos ojos color avellana se le aceleró el corazón.

En el preciso momento en que Diego se dijo que en efecto era Abby, ella exclamó:

—¡Diego Creed!

Desde que vio el cuerpo alto y estilizado de Diego bajar del todoterreno, Abby supo que la habían engañado.

—¿Qué has hecho, Tess? —dijo, con los dientes apretados.

—Considéralo mi regalo de felicitación por no haberte casado —contestó Tess, entre risas.

Antes de que Abby tuviera tiempo de decirle que la iba a matar por la broma que le había gastado, Diego llenó todo su campo visual con su arrebatadora presencia. Era mucho más impresionante que las increíbles formaciones rocosas rojas que los rodeaban.

Lo único que pretendía hacer era ir a Sedona, recibir un masaje, tal vez darse uno o dos baños de barro y que le hicieran una limpieza de cutis. Su objetivo era relajarse y recomponerse después de que su prometido la hubiera abandonado en el altar. Pero un solo vistazo a aquellos ojos inolvidables lo había cambiado todo.

Sintió que algo se agitaba en su pecho, como una sensación profundamente arraigada.

«Dios mío», se dijo. «Está aquí. Está aquí en carne y hueso».

Puso los brazos en jarras y se obligó a respirar normalmente. Los años lo habían tratado bien. De hecho, el paso del tiempo había sido notablemente generoso. Los hombros y muslos adolescentes de Diego se habían desarrollado hasta convertirse en los de un hombre fornido. Aun así, seguía teniendo la misma postura de chico malo a la defensiva. Su cara estaba más redondeada, menos angulosa que antes, pero su cintura seguía siendo igual de estrecha. Su pelo, largo y recogido en una coleta, seguía tan espeso y oscuro como entonces; sus ojos, igual de negros y perversos. Sin duda, estaba mucho más atractivo que antes.

A Abby se le aceleró el corazón, galopando como un purasangre en la última carrera del derby de Kentucky. Contuvo el impulso de dejarse llevar por la intensidad de aquellos ojos, que parecían poseer un secreto, una siniestra sabiduría.

Entonces, se apoderó de ella el ansia apremiante de lanzarse a los brazos de Diego.

Pero tampoco lo hizo.

Cinco años en el trabajo de las relaciones públicas y veintisiete como hija de un influyente juez le habían enseñado a ocultar sus verdaderos sentimientos para comportarse de manera correcta. Abby tendió la mano, imprimió una sonrisa artificial en su cara y saludó a Diego.

—Bueno, bueno, bueno —dijo él, llevándose las manos a las caderas sin hacer caso de la mano extendida—. Pero si es Ángel Archer.

Ángel. El sonido de su antiguo apodo la estremeció. Abby había olvidado que él solía llamarla así porque era una especie de santurrona. Se quedó inmóvil, con la mano tendida y sintiéndose tonta por no saber cómo retirarla sin ponerse en evidencia. Tenía la extraña sensación de que si la estiraba más podría casi tocar aquella noche de diez años atrás, tocar a la adolescente que había sido y corregir el terrible error de haberse separado de él.

Su parte crítica le decía que era ridículo, que no se podía recuperar el pasado. Pero el deseo postergado le suplicaba que lo tocara, que construyera un futuro nuevo.

Y allí residía su problema. La seguridad por un lado, la pasión por el otro, y ella atrapada en medio.

Diego la recorrió con la mirada, haciéndola sentir completamente desnuda. A Abby no le gustaba sentirse vulnerable; no le gustaba perder el control. Y él le hacía sentir las dos cosas.

Sintió un repentino picor en la nariz. Afortunadamente, había tomado un antihistamínico al llegar, porque aunque le dejaban la boca pastosa, era mejor que ponerse a estornudar sin parar.

—Después de todos estos años, aún me recuerdas —dijo él.

—Por supuesto que te recuerda —murmuró Tess—. Sigue teniendo sueños eróticos contigo y...

Abby le dio una patada en la espinilla para hacerla callar.

—¡Ay! —protestó Tess, sujetándose la pierna con un gesto de dolor exagerado.

Abby le dirigió una mirada fulminante que decía que dejara de entrometerse en su vida amorosa.

Diego agrandó la sonrisa.

—¿Y te conformas con un apretón de manos? No has cambiado nada, Ángel. Sigues reprimiendo tus emociones.

—No creo que... —balbuceó Abby.

—Ven aquí.

Él se adelantó, la rodeó con un gran abrazo y la levantó. El contacto con aquel cuerpo fuerte y masculino la arrojó a un abismo de sensaciones. Los senos apretados contra el pecho amplio y musculoso, el delicioso olor a viento, sol y cuero de Diego, la forma en que se le tensaban los músculos cuando la abrazaba, la oscura melena que le hacía cosquillas en las orejas, el contacto de la barbilla en las mejillas y el roce de la barba de tres días despertaron su libido dormida.

Lo deseaba. Desesperadamente.

Abby se quedó inmóvil. En aquel momento recordó, con notable claridad, por qué no se había puesto de parte de Diego cuando, años atrás, todo Silverton Heights se había vuelto contra él: porque tenía mucho miedo.

La fuerza vital de Diego era demasiado abrumadora; su pasión, demasiado salvaje, y su intensidad, demasiado intimidatoria. Abby había sido la chica buena que tenía pánico de acabar mal, de volverse incorregible como su madre.

Diego siguió abrazándola, embriagándola con

sus carcajadas, hechizándola con el brillo de sus ojos negros, envolviéndola con su excitante aroma.

No. No se podía permitir rendirse a la fuerza de su energía. Sólo podía esperar a que se apartara. En algún momento la soltaría.

Era como esperar a que pasara un huracán.

Él siguió allí. Abrazándola. Abby no se movió. Lo máximo que hizo fue no abrazarlo, pero no pudo evitar que la cercanía de sus cuerpos la transportara en el tiempo.

En su mente vio a la chica sexualmente reprimida que había sido, deseando explorar la pasión encendida que corría por sus venas, pero demasiado asustada para actuar. Por ello había seguido fantaseando con Diego durante todos aquellos años: porque él era la llama que nunca se había atrevido a apagar.

Al final, Diego la dejó en el suelo y se apartó para volver a mirarla.

—Estás muy guapa —dijo.

Ella bajó la vista. Aunque estaba deseando decirle que él también, murmuró prudentemente:

—Gracias.

—¿Sigues viviendo en Phoenix?

—Sí.

—Aún vive en casa de su padre —puntualizó Tess, poniendo los ojos en blanco—. Es cierto que se iba a casar, pero el novio la dejó por una gogó el día de la boda. Menos mal, porque Ken no era adecuado para Abby.

—¿Ken Rockford? —preguntó Diego, carraspeando.

En el instituto privado de Silverton Heights al

que iban los tres, Ken y Diego habían sido ar-
chienemigos; Ken era delegado de curso y capi-
tán del equipo de fútbol, y Diego, un rebelde sin
causa que fumaba en el cuarto de baño.

Abby asintió, pero no lo miró. Quería matar a
su amiga por ponerle las cosas aún más difíciles.

Diego resopló y se quedó callado. El silencio
se hizo cada vez más incómodo, y Tess decidió
intervenir.

—Por cierto, soy Tess —dijo, saludándolo con
la mano—. ¿Me recuerdas? Estaba en un internado cuando Abby y tú salíais juntos, pero nos
conocimos en la fiesta de Navidad que dio tu padre aquel año.

—¿No llevabas el pelo rubio? —preguntó él.

—Sí, y antes de eso era morena —contestó
ella—, y una vez llegué a llevarlo de los tres colo-
res: rojo, castaño y rubio —se encogió de hombros—. No como Abby, que ha llevado el mismo
peinado toda su vida. Me aburro fácilmente.

Diego rió.

—Me caes bien, Tess.

—Y tú a mí, Diego.

Abby no se lo podía creer. Tess no sólo la había criticado por su corte de pelo, sino que parecía estar coqueteando con Diego. Un repentino
ataque de celos la hizo estremecerse.

—¿Vamos a ir a esos vórtices o no? —espetó,
molesta consigo misma por haber sonado ce-
losa.

—Por supuesto —asintió Diego—. ¿Quién viene
delante conmigo?

—¡Abby! —se apresuró a decir Tess.

—O podríamos ir las dos detrás.

—No, no. Vosotros tenéis que poneros al día —insistió Tess, empujando a su amiga hacia el asiento del acompañante del todoterreno.

—No, en serio, no hace falta. Estaré bien atrás.

Pero Diego se sentó al volante, y Tess se acomodó ocupando todo el asiento trasero. Abby le hizo una seña para que le hiciera sitio. Tess negó con la cabeza. Ella le hizo un gesto obsceno, y su amiga le sacó la lengua descaradamente.

Diego encendió el motor, y Abby no tuvo más remedio que sentarse a su lado. Se paró en seco cuando vio un medallón colgado del espejo retrovisor. En letras plateadas sobre fondo rojo se podía leer: *Caída libre*.

Caída libre. Aquella frase sintetizaba a Diego y las fantasías que tenía sobre él.

Los sueños de Abby siempre incluían algún elemento de riesgo. En su imaginación, él era un viril pirata, un bandido de corazón negro o un mercenario sin ley.

Recordó cómo la estremecían y aterraban los ardientes besos de Diego; cómo se sentía cuando él le metía una mano por debajo de la camisa y le desabrochaba el sujetador con notable facilidad; la forma en que la escandalizaba apretándole el pene contra los muslos tensos y anhelantes. No podía olvidar cómo se le aceleraba el corazón y lo mucho que la asustaba.

Y al parecer, nada había cambiado.

«No me rindo al deseo», se dijo. «No soy como mi madre. Soy una persona controlada. Lo soy. Lo soy. Lo soy».

Aquél había sido su mantra en el instituto, y seguía siéndolo. El problema era que no parecía estar funcionando como antes, porque se sentía caer en el abismo de la tentación.

Después de estornudar, Abby se ajustó el cinturón de seguridad. Se apoyó las manos en el regazo y se esforzó por controlar las pulsaciones. No había imaginado que volver a ver a Diego pudiera afectarla tanto.

Desde luego, si no hubiera caído en la trampa que le había tendido Tess, habría estado más preparada para el encuentro, con un mayor y mejor control emocional, y más paciente con su angustiosa reacción. Echo un vistazo a su amiga, que estaba mirando al sol, con una de sus típicas sonrisas taimadas, propias del gato de Cheshire, y tarareando una canción de Sheryl Crow.

Abby entendía cuál era el mensaje que Tess le estaba enviando: que se relajara y se divirtiera. Pero no podía relajarse cuando todo su mundo estaba descentrado.

Diego puso en marcha el todoterreno, giró y salió del balneario. Abby podía sentir la energía sexual que emanaba. Era innegable que tenía testosterona a mares.

No sabía si realmente quería probarla. Lo único de lo que no le cabía duda era que la química aún estaba allí. Burbujeante, abrasadora, vibrante y más aterradora que nunca.

De pronto, en su mente oyó la voz de su madre: «Sabes que por eso lo deseas. Porque no es seguro. Porque es tabú».

Abby podía sentir la corriente de sexualidad

que los rodeaba, la cautivante conexión de sus deseos. Pero se preguntaba si bastaba con una aventura pasajera para acabar con las fantasías sexuales que la habían perseguido durante un decenio o si seducir a aquel hombre sólo serviría para generar más dolor.

Se puso las gafas de sol y, con serenidad, dijo:

—¿Qué es exactamente un vórtice?

Él volvió la cabeza con una sonrisa, y el corazón de Abby, que acababa de empezar a calmarse, comenzó a latir a toda velocidad.

—Básicamente, es la energía de la tierra.

—Ah.

—La energía puede ser magnética, eléctrica o electromagnética. Se considera que los vórtices magnéticos son masculinos, los eléctricos, femeninos, y los electromagnéticos, neutros.

—¿Y a cuál vamos? —preguntó Abby, observándole las manos.

Diego tenía dedos largos, anchos y estilizados. Ella recordó cómo aquellos mismos dedos le habían acariciado el cuello, mientras una cálida y húmeda lengua jugueteaba en su oreja.

Magnético, sin duda.

—Primeros iremos a Cathedral Rock. Es un vórtice femenino.

—¿Y qué se supone que va a pasar?

—Tal vez nada —contestó él, encogiéndose de hombros—. Todo depende de lo que estés buscando. Hay gente que viene a Sedona en busca de desarrollo espiritual. Otros vienen a buscar bienestar físico y emocional. Y otros están en una encrucijada vital y buscan algo que los guíe. Sedona es un buen lugar para examinarse y descubrir qué se quiere de verdad.

Abby tuvo la impresión de que hablaba de ella. Estaba en una encrucijada y no tenía idea de qué era lo que realmente quería de la vida.

—¿Qué clase de guía puede dar la energía de la tierra? —preguntó, con curiosidad.

—Si te permites sentir el poder, puede guiarte adonde quieras ir.

—Suena críptico —comentó Tess.

—Es una experiencia individual. Si estás abierto, el vórtice puede ayudarte a equilibrar y armonizar tu vida; puede señalarte el camino para un importante cambio de profesión; puede ayudarte en tus relaciones o marcarte el camino hacia una conciencia más elevada.

—¿Y qué hay del sexo? —preguntó Tess.

—Estoy a favor —dijo Diego.

Tess rió.

—Yo también. Pero he oído que la energía de los vórtices puede mejorar la vida sexual.

Diego soltó una carcajada. Abby sintió un escalofrío en la espalda al oír aquella risa grave y sensual.

—Si eso es lo que necesitas —reflexionó—, ¿por qué no?

—Los vórtices electromagnéticos son los más sensuales, ¿verdad? —dijo Tess, echándose hacia delante.

—Sinceramente, nunca lo he pensado de esa manera —contestó Diego—. Pero sí, supongo que se podrían considerar los más sensuales. Por las corrientes simultáneas y todo eso.

—¿De verdad crees que los vórtices tienen tanto poder de influencia? —preguntó Abby.

—En absoluto. El poder está dentro de ti. El vórtice sólo es un canal que conduce la energía a lo que tú hayas traído. La energía puede ser positiva o negativa, luz u oscuridad, apasionada o desapasionada.

Abby tragó saliva.

—Suena bastante raro —dijo—. Muy en plan Nueva Era.

Y, sobre todo, aquello no parecía propio del Diego que conocía, aquel joven rebelde y lleno de furia y dolor. Estaba distinto; más relajado, más filosófico, más seguro de su lugar en el mundo. Además, no parecía guardarle rencor por haberse puesto contra él años atrás. Aquello era de agradecer, y a Abby le gustaban los cambios que se habían producido en él.

Diego le puso un pulgar en el centro de la frente.

—Abre tu mente, Abby. El mundo es mucho más grande que el ámbito de influencia de tu padre.

Ella lo miró; le temblaba la frente ante el contacto.

—¿Y qué se supone que significa eso?

—Averígualo.

Los enigmáticos ojos negros de Diego la desafiaban a ir más allá de la seguridad por la que había apostado toda su vida. Él estaba tan entretenido mirándola que perdió el control del vehículo y tuvo que hacer una maniobra rápida. Los neumáticos chirriaron, y Abby contuvo la respiración y se aferró al apoyabrazos.

El medallón salió volando del retrovisor y aterrizó en su regazo.

Caída libre.

Con dedos temblorosos, Abby volvió a colgarlo del espejo.

—¡Guau! —exclamó Tess desde el asiento trasero—. Eso ha sido divertido.

—Sólo quería ver si estabais despiertas —bromeó Diego.

Doblaron en el camino de Back O'Beyond. El paisaje era sobrecogedor. Estaban rodeados por kilómetros y kilómetros de majestuosas montañas rojas. Abby tenía que reconocer que había algo increíblemente especial en aquellas formaciones rocosas. Independientemente de lo que se estuviera haciendo, era imposible no sentirse atraído por aquella vista.

Había otros todoterrenos en la carretera. Siguieron avanzando un rato más, hasta que Diego encontró un sitio para aparcar.

—A partir de aquí iremos a pie —dijo, colgándose una mochila al hombro.

El clima era templado. Había unos diez grados menos que en Phoenix. El sol brillaba, pero no era agobiante. El aire estaba tranquilo. Silencioso.

A Abby le resultaba increíble pensar que, a pesar de haber vivido siempre en Phoenix, nunca había sido capaz de hacer el viaje de dos horas hasta Sedona. No había tenido mucho tiempo para tomar vacaciones. Había estado demasiado ocupada con su trabajo, encargándose de la casa de su padre y ayudándolo con sus campañas políticas. Y cada vez que había tenido tiempo libre había preferido ir al Caribe en busca de lugares cálidos.

Sintió que se le detenía el corazón al pensar que Diego había estado a sólo dos horas de ella. No entendía por qué la entristecía tanto aquel descubrimiento.

Las palabras de Diego retumbaron en su mente.: «El mundo es mucho más grande que el ámbito de influencia de tu padre».

Las guió mientras subían por la montaña. Apenas habían recorrido medio kilómetro cuando Tess empezó a quejarse.

—Nadie me dijo que habría que andar tanto.

—Te he dicho que no debías venir con sandalias de tacón —le recordó Abby, sacudiendo la cabeza.

—Pero las zapatillas deportivas atentan contra mi imagen sensual.

—No falta mucho —dijo Diego.

—¿Por qué no construyen carreteras hasta los vórtices? —protestó Tess—. Para los vagos como yo.

—Eso estropearía la naturaleza del paisaje —puntualizó Abby.

Pasaron por delante de otros excursionistas en su travesía hacia la cima. Tess acabó por quitarse las sandalias y los siguió descalza. El suave eco de sus pisadas sobre la arenisca roja se oía en todo el cañón.

Al llegar a una enorme roca plana en medio del camino, Tess se sentó, agotada.

—Seguid adelante, chicos —les dijo, moviendo

una mano—. Sólo necesito descansar un momento.

—Te esperamos —afirmó Abby, acercándose a ella.

Lo último que deseaba era quedarse a solas con Diego.

—De verdad quiero estar sola —insistió su amiga—. Para meditar.

Abby la miró con detenimiento.

—¿Desde cuándo meditas?

—Desde que me enteré de que Colin Cruz es un fanático de la filosofía oriental. Ahora, si no te importa, lárgate de aquí.

Abby sabía lo que estaba haciendo su amiga, pero, aunque Tess tuviera las mejores intenciones, no se lo agradecía en absoluto.

—¿Abby? —dijo Diego, arqueando una ceja y señalándole la cumbre—. ¿Qué te parece si le dejamos un poco de espacio a Tess?

Ella resopló resignada, se levantó de la roca y lo siguió a regañadientes por el camino.

—Tess y tú no os parecéis en nada —comentó Diego, mientras andaban—. ¿Cómo habéis hecho para seguir siendo amigas durante tanto tiempo?

—Tess es un personaje —reconoció Abby—. Es muy divertido tenerla cerca.

—Y tu eres la toma de tierra.

—Supongo que algo así.

Alcanzaron la cima y, justo cuando estaban a punto de subir, se toparon con un hombre de mediana edad, calvo y con sobrepeso, ataviado con ropa de marca, sandalias negras y calcetines.

—He recorrido toda esta maldita roca y no

consigo ver ese estúpido vórtice —murmuró, casi sin aliento.

—Un vórtice no es algo que pueda ver —le dijo Diego—. Es un campo de energía. Tiene que sentirlo.

El hombre resopló, farfulló algo sobre la Nueva Era y bajó por el sendero.

—Qué gracioso —comentó Abby.

—Gente de ese tipo viene todo el tiempo. Por lo general son de una gran ciudad. Acelerados, con prisas, en busca un atajo para encontrar la paz interior. Oyen sobre el poder reconstituyente del vórtice y creen que es un billete a la plenitud instantánea. Pero no es así.

Abby ladeó la cabeza y lo observó detenidamente. Diego parecía estar en paz, y se alegraba por él.

—Parece que has tenido que recorrer un largo camino para alcanzar la plenitud.

—Se trataba de tranquilizarme o de volverme loco por el resentimiento.

—¿No me guardabas rencor? —se atrevió a preguntar.

—¿Tú qué crees?

—Creo que sí.

Él asintió.

—En aquel momento estaba muy dolido. Creía que teníamos algo especial, pero estaba equivocado. Lo cual demuestra lo tontos que pueden llegar a ser los adolescentes.

—No tan tontos...

—¿No?

—Yo también creía que teníamos algo especial.

Diego la miró con suspicacia.

—Pero cuando las cosas se pusieron feas, tú...

Abby se encogió de hombros y trató de disimular que aún se arrepentía de no haber confiado en él.

—¿Qué puedo decir? Era una niña asustada.

—Ya no eres una niña.

—No.

—Pero sigues asustada.

Allí estaba otra vez la arrebatadora sonrisa de Diego, más perversa que nunca.

El sol brillaba en lo alto. El aire estaba cargado de electricidad. En aquel momento, Abby sintió algo. No sabía si era la famosa energía del vórtice o un tipo de energía mucho más tangible, pero le picaba la piel y sentía un cosquilleo en las terminaciones nerviosas.

El pecho de Diego se hinchaba y se contraía a una velocidad equiparable a la de la respiración de Abby. Una maraña de sensaciones complejas se arremolinó en su interior y la arrojó hacia él.

Sus miradas se encontraron. Diego la miró detenidamente a los ojos, y Abby se quedó sin aliento. Le dolía el pecho de desearlo tanto.

El vórtice la estaba trastornando, empujándola a un lugar al que no estaba segura de querer ir.

La prudencia que había heredado de su padre le pedía a gritos que saliera corriendo de allí. La sangre gitana de su madre la incitaba a quedarse.

—Diego —susurró.

—Ángel.

Él estiró los brazos. Ella caminó hacia él. Él se humedeció los labios. Ella frunció la boca. Él le quitó el sombrero. Ella lo miró a la cara.

En aquel momento, Abby supo que la habría besado si ella no hubiera empezado a estornudar.

3

«¿Qué demonios estás haciendo, Creed?», se dijo Diego.

Sabía perfectamente lo que hacía y era consciente de que no era bueno. De hecho, tenía muy malas intenciones.

En el momento en que se había dado cuenta de que la morena delgada que estaba en las escaleras del balneario Tranquility no era otra que Ángel Archer, el amor de su adolescencia que le había roto el corazón al no defenderlo de los ataques de los miembros de la alta sociedad de su comunidad, lo primero que había pensado era que tenía que vengarse. Lo segundo, después de un momento de reflexión, había sido que tenía que dejarla tranquila.

Habían pasado diez años. Ya casi no pensaba en ella y se había forjado una buena vida en Sedona. No obstante, aún quedaba algo de aquel joven rebelde. Una parte de su corazón seguía enfadado con ella y con la gente de Silverton Heights.

No se enorgullecía de sus sentimientos, pero no podía negarlos. Bueno o malo, sentía lo que sentía.

Sin embargo, no podía culparla por lo que había pasado. Abby había hecho lo que había podido. Era una niña reprimida de diecisiete años con un padre poderoso. No podía hacer mucho, salvo aceptar las órdenes paternas. Racionalmente, Diego lo entendía.

Pero en el fondo seguía siendo el chico vulnerable que no alcanzaba a comprender por qué no había sido suficiente para ella.

Además, su verdadero problema era el padre de Abby. Y el suyo.

Apretó los dientes al recordarlo. Aunque hacía tiempo que había superado que lo hubieran repudiado en favor de su madrastra, aún no podía entender por qué Phillip Creed había decidido creer la atroz mentira de Meredith, que afirmaba que Diego había tratado de forzarla, cuando lo que había ocurrido era lo contrario.

Era ella quien había intentado seducirlo. Diego había tratado de decirle a su padre que la acusación era una artimaña de Meredith, porque él había descubierto que ocultaba negocios ilegales en su empresa, de la que su padre acababa de convertirse en socio.

Pero Phillip había caído aún más bajo, al permitir que Meredith lo convenciera para involucrar a su amigo, el juez Archer, en el asunto privado de la familia. Su padre había persuadido al de Abby para que lo metiera en la cárcel una semana, cuando, en un desesperado intento por hacerse escuchar, Diego había perdido el control y había destrozado uno de los almacenes de Meredith.

El recuerdo de aquellos siete días entre rejas siempre estaría con él.

Se había dicho que tenía que olvidarlo, que era agua pasada, que tenía una vida feliz en Sedona y que era lo único lo que importaba.

Entonces había surgido el tercer y más convincente pensamiento: Abby era muy atractiva, y tenía que encontrar una forma de llevársela a la cama.

En aquel momento, de pie en la cima de Cathedral Rock, mirando aquellos preciosos ojos color avellana y deseando desesperadamente aquellos labios carnosos pintados de rojo, pensó que ella seguía sin encontrar la pasión.

Veía que estaba perdida y que ni siquiera lo sabía. Le dolía el corazón y lo molestaba sentir tanta debilidad por ella.

No entendía por qué le seguía importando. Abby era la misma que una década atrás, como demostraba el hecho de que hubiera estado a punto de casarse con el idiota de Ken Rockford. Seguía sometida a su padre; seguía negando su fuego; seguía negándose a ser quien era de verdad.

Él había visto a la verdadera Abby desde el principio, aun cuando ella misma no se había visto.

La primera vez que había posado sus ojos en ella había sido en la biblioteca. Abby había cruzado la puerta vestida con un conjunto impecable y apretando los libros contra el pecho. Con el peinado perfecto, la falda planchada, el maquillaje sobrio y joyas de buen gusto, parecía una imagen salida de los años cincuenta.

Correcta, formal, perfecta. Inmaculada, salvo por aquellos labios carnosos y sensuales y por la provocativa forma en que movía las caderas al caminar.

Aquellos labios y aquel andar revelaban a la mujer interior. En la superficie podía ser tranquila, pero debajo sólo estaba esperando para liberarse.

Hielo y fuego.

Sin embargo, los años no la habían hecho cambiar. El cuerpo de Abby estaba ansioso por explorar la sexualidad. Diego lo notaba en la forma en que se humedecía los labios cuando él le miraba la boca. Lo olía en su piel. Lo oía en los suaves estornudos cada vez que la contemplaba con evidente deseo.

Se moría por mostrarle que no valía la pena vivir sin pasión. Quería enseñarle cómo atender a sus propios deseos y cómo hacer caso omiso a la opinión de los demás. Necesitaba despojarla de su frío aplomo y mostrarle lo que se había estado perdiendo.

—¿Qué buscas, Abby? —preguntó, escrutándole la cara.

Una parte de él quería ayudarla a encontrarse a sí misma, pero otra no podía evitar pensar en lo delicioso que sería tumbarla en la arenisca roja, quitarle aquellos elegantes pantalones blancos y enseñarle, allí y en aquel momento, qué se había estado perdiendo.

Se le aceleró el corazón y se le tensaron los músculos del estómago. No entendía qué le pasaba. Si quería la revancha, debería habérsela tomado diez años antes. Había pasado demasiado tiempo para desenterrar una vieja historia.

—¿Te asusta la pasión? —preguntó.

—¿Perdón? —contestó ella, parpadeando.

—Has estornudado.

—¿Y qué?

—Siempre te ponías a estornudar cuando las cosas se ponían demasiado calientes...

—¿Por qué todo el mundo insiste en eso?

—Tal vez porque es verdad.

—¡No es verdad! Tengo alergia.

—Sí, eres alérgica a escarbar demasiado hondo y a descubrir qué es lo que pasa realmente en tu corazón.

Ella lo miró con detenimiento. Diego se alegró de ver que la había sorprendido con la guardia baja. Abby necesitaba que la desestabilizaran más a menudo. Como lo habían desestabilizado a él.

—¿Qué buscas, Abby? —insistió.

—Eh... —vaciló ella—. ¿De dónde sacas que busco algo?

—La mayoría de la gente viene a Sedona en busca de algo.

—Yo sólo estoy de vacaciones.

—¿En serio? ¿O has venido a lamerte las heridas después de que Ken te plantara en el altar?

Diego no pretendía ser tan duro, pero no había podido contenerse. Estaba celoso.

—No tengo el corazón destrozado por haber perdido a Ken, si es lo que estás preguntado. De hecho, ése es el problema. Que parece que no puedo sentir nada.

Él quería preguntarle si Ken la había hecho estornudar alguna vez. Sin embargo, dijo:

—Sé cómo curar tu problema.

—¿Sí? —replicó ella, arqueando una ceja con gesto desafiante—. ¿Y se puede saber cómo?

Diego quería decirle que lo que necesitaba era soltarse y hacer algo imprudente por una vez en su vida, pero la forma en que guardaba las distancias y su actitud altiva hicieron que le apeteciera bajarle los humos.

—Así —dijo.

Acto seguido, sin tener plena conciencia de lo que estaba a punto de hacer, Diego la atrajo hacia sus brazos y le capturó la boca con un beso.

Vivió el beso no sólo con la boca y la lengua, sino con todo el cuerpo. Sintió mariposas en el estómago, cosquillas entre las piernas y una repentina flojera en las rodillas.

Al principio, Abby se resistió y trató de apartarlo. Pero después relajó la mandíbula, entrelazó la lengua con la de Diego y le acarició la nuca.

Aunque no pudiera reconocerlo, lo deseaba tanto como él a ella.

La certeza lo encendió más aún. Diego la estrechó entre sus brazos y se concentró en besarla apasionadamente. Había olvidado lo bien que sabía y cuánto había soñado con entrar en ella. Sus viejos sueños volvieron a surgir, pero con una intensidad mucho mayor.

Estaba en un terreno peligroso que lo hacía estremecerse, deleitarse en la delicadeza de aquellos brazos delgados, en la dulce presión de aquellos senos contra su pecho.

Ella se apartó para respirar. Con la mirada inquieta, echó un vistazo rápido a su alrededor.

—Diego —jadeó, llevándose la mano a la nariz para contener un estornudo.

—Ya estás otra vez rechazando la pasión. Permítete experimentarla, Abby, y dejarás de estornudar.

—No puedo. No deberíamos hacer esto. Alguien podría vernos.

Él gruñó con fastidio. La había oído decirle lo mismo cientos de veces, y cada vez se había contenido y había respetado su voluntad, a pesar de que su deseo por ella era tan fuerte que, en ocasiones, creía que iba a estallar.

Pero ya no eran niños, y esta vez Abby estaba en su territorio.

—Al diablo con lo que no deberíamos hacer —rugió, atrayéndola de nuevo hacia sus brazos.

Ella se puso tensa. Diego podía sentir la batalla que libraba en su interior. Físicamente lo deseaba, pero emocionalmente tenía miedo de soltarse, pánico de vivir su sexualidad.

Cuando eran adolescentes, él respetaba los temores de Abby, pero esta vez no. Esta vez le haría afrontar la situación.

Bajó la cabeza y volvió a besarla. Sintió el impulso desenfrenado que fluía de las rocas, a través de sus pies, subiendo por su cuerpo y por el de Abby.

El vórtice femenino.

Estaban conectados a una misma fuente de poder; su pasión estaba en comunión con el cosmos, fundiéndose, mezclándose, unida a la tierra.

Diego tenía la impresión de que estaban girando en el aire. Su beso era parte del paisaje desértico del Gran Cañón. En lo alto volaba un halcón de cola roja. Una lagartija tomaba el sol sobre las piedras. El aire olía a enebro, a piñones y a Abby.

En los nueve años que llevaba trabajando de guía turístico en Sedona, Diego había experimentado la enigmática energía de los vórtices cientos de veces. En ocasiones había sentido un ligero tirón hacia abajo; en otras, un fuerte empujón. A veces, la sensación lo había emocionado; otras, se había sentido centrado y con los pies en el suelo; y en otras, sencillamente se había sentido abrumado por la vastedad del cosmos.

Pero nunca había experimentado lo que sentía en aquel momento. Era mágico. Surrealista. De otro mundo.

Una leyenda india hablaba sobre aquella carga de increíble sensibilidad. Era como si su corazón hubiese estallado en llamas y él fuera un canal, un catalizador, un crisol.

El fenómeno daba miedo, porque la sensación era maravillosa. Diego sentía que el cuerpo le ardía como un horno, la piel le cosquilleaba y el placer bullía en su interior.

Soltó a Abby y retrocedió. Por la perplejidad que había en sus ojos, se daba cuenta de que ella sentía lo mismo.

Se miraron en silencio, aturdidos.

—¿Qué ha sido eso? —susurró ella—. ¿Eso es lo que se siente en un vórtice?

Él tragó saliva.

—Sí. Eso ha sido el vórtice.

—Ah, menos mal, durante un momento he pensado que tal vez...

No terminó la frase; bajó la vista, levantó una mano temblorosa y se arregló el pelo.

Diego sabía lo que pensaba, porque él estaba pensando lo mismo. Si un simple beso podía provocar una sensación semejante, daba vértigo imaginar lo que pasaría si hacían el amor allí.

Abby tenía que recuperar el control de las caóticas emociones que se revolvían en su interior. Sentía éxtasis y miedo, gozo y pavor, todo al mismo tiempo. Pero se negaba a permitir que Diego viera su confusión. Su padre le había enseñado que nunca debía mostrar debilidad a los enemigos.

Y, en cierta medida, Diego era su enemigo, porque con un solo beso amenazaba con hacer volar por los aires su mundo cuidadosamente ordenado.

La apasionada sangre gitana de Abby le susurraba que tal vez no era mala idea echar por la borda su mundo cerrado y tenso; que tal vez así dejaría de estornudar.

Abby sacudió la cabeza. No sabía si había sido el vórtice, Diego o la mortal combinación de ambos, pero no podía permitirse que un simple beso la desestabilizara.

En realidad, más que un simple beso, había sido el beso del milenio.

Trató de no pensar en ello. Tenía que recuperar el control de sus emociones. Era la hija del juez Archer y debía comportarse como tal.

Pero también era la hija de Cassandra.

Sin hacer caso de aquel pensamiento, se alisó el pantalón de lino, cuadró los hombros y miró a Diego.

—Creo que deberíamos ir a ver cómo está Tess —dijo, empezando a andar.

Él la tomó del codo y la detuvo.

—Creo que deberíamos hablar de lo que acaba de pasar.

—No ha pasado nada.

—Maldita sea, no me eches. Otra vez no.

—Por favor, quítame la mano de encima —replicó ella, con el ceño fruncido.

Diego la soltó y retrocedió.

—¿Vas a ser así el resto de tu vida?

—¿Cómo?

Aunque Diego había apartado la mano, ella aún podía sentirla en la piel. Empezaba a tener la sensación de abatimiento que había experimentado en otro tiempo cuando estaba cerca de Diego, y no le gustaba. No le gustaba nada.

—Muerta en vida —contestó él.

—No estoy muerta en vida —afirmó Abby, sin poderse creer que pudiera pensar algo así de ella—. Sólo decido no hacer alarde de mis sentimientos como cierta gente.

Él alargó una mano y le acarició el pelo.

—Reconócelo, Ángel. Temes a tu pasión. Hasta tu nariz lo sabe.

—Deja de llamarme Ángel.

—¿Por qué? ¿Porque te hace sentir algo?

Abby no podía decirle la verdad. No podía decirle que sí.

—Porque ya no soy la adolescente tonta que estaba encaprichada contigo.

—No estabas encaprichada conmigo —refutó, con dureza—. Si te hubiera importado de verdad, no te habrías puesto de parte de tu padre y del mío contra mí, cuando en el fondo sabías que yo no debería haber ido a la cárcel.

Abby no quería discutir con él. No tenía sentido revolver el pasado. Los dos habían hecho sus elecciones.

—No trates de culparme de todo. Me planteaste un ultimátum y, por si lo has olvidado, habías destrozado el almacén de tu madrastra.

—Y sabes por qué lo hice.

—Aun así estuvo mal.

—Por eso empecé a llamarte Ángel. Porque eres tan endemoniadamente perfecta. Nunca pierdes el control, no sufres ni haces estupideces como el resto de los mortales.

—Sufrí mucho. Sufrí cuando te fuiste de la ciudad y no volviste. Que no pudiera ir contigo no significaba que no quisiera.

Se miraron a los ojos. El pasado era un fantasma entre ellos. Abby se dio cuenta de qué estaba mal: no habían terminado nunca.

En aquel momento, oyó la voz de su madre diciéndole que tuviera una aventura con él, que debía zanjar el asunto y las asperezas.

Pero Abby no podía. No debía.

El eco de Cassandra volvió a torturarla, acusándola de tener miedo de no ser capaz de lidiar con hombres como Diego.

Abby maldijo en silencio por no poder quitarse la irreverente voz de su madre de la cabeza.

—Tú y yo tenemos asuntos pendientes —dijo él, sosteniéndole la mirada mientras se acercaba—. El beso lo ha dicho todo.

—Ha sido el vórtice, ¿recuerdas?

Abby se puso tensa y trató de hacer caso omiso al cosquilleo que sentía entre las piernas.

—Y cómo te he dicho, los vórtices te devuelven lo que traes.

—¿Qué insinúas?

Abby sintió que se le paraba el corazón. Él la tomó de las mejillas, con sus dedos cálidos y fuertes.

—Lo que digo, Ángel, es que si te interesa puedo enseñarte a sacar a la luz tu pasión.

En su interior, Abby podía oír la voz que le decía que aceptara, que tuviera una aventura con Diego y se lo quitara de la cabeza de una vez por todas para poder seguir adelante con su vida.

Tragó saliva. Estaba perdiendo el control y sumergiéndose en aquellos ojos negros que podían enviar a una chica directa al infierno.

—¿Qué es exactamente lo que sugieres? —preguntó, en un susurro.

—Una aventura —contestó él, con su sonrisa traviesa—. Para ampliar tus horizontes.

Abby se agitó con incomodidad. Estaba inquieta, deseando besarlo de nuevo y preguntándose si no podían empezar con la aventura en aquel preciso instante. Lo deseaba tanto que prácticamente no podía respirar. Sin embargo, no estaba segura de que fuera lo correcto. Temía descubrir que era como su madre y que, una vez liberado, no hubiera forma de volver a meter al genio de la pasión desenfrenada en la botella.

—Te asusta que esta aventura te cambie definitivamente, ¿verdad? —dijo él.

—Sí.

—Hay que reconocerlo: después de probar la emoción de la pasión no se puede volver a ser la misma persona de antes.

Abby sentía que estaba ardiendo y, al mismo tiempo, que se congelaba. Lo deseaba, pero tenía pánico de perderse, de desenfrenarse. Toda su identidad estaba fuertemente ligada a su padre, su comunidad y su trabajo. No podía dar la espalda a todo aquello.

—Tienes miedo de apartarte de las cosas que te importan; de perder todo lo que te resulta cómodo y conocido —continuó él, definiendo a la perfección los miedos de Abby—. Igual que hicimos tanto Cassandra como yo.

Ella asintió, con un nudo en la garganta fruto del deseo y la ansiedad. Odiaba llamar la atención. Tenía fama de hacer lo imposible, de sacrificar sus propios deseos y necesidades para contentar a todo el mundo. Su lema había sido mantener el orden a cualquier precio.

—Lo que no entiendes, Abby, es lo mucho que gané al irme de Silverton Heights.

—¿Qué ganaste? —preguntó ella, con el corazón y la respiración acelerados.

Diego le acercó la boca al oído y murmuró:

—A mí mismo.

Abby se estremeció. Se preguntaba si aquel hombre era el diablo, que la tentaba para romper sus propias reglas, o si, en realidad, era su redentor, que le ofrecía una oportunidad de salvarse antes de que fuera demasiado tarde.

Para ella, era una apuesta descomunal. Si se equivocaba en la elección, podía destrozar su vida. Pero, le recordó una voz interior, si elegía lo correcto, su vida cambiaría para siempre.

No sabía qué hacer. No tenía por qué pasar por aquella situación. Podía volver a casa, olvidar que había estado allí, olvidarse de encontrar su pasión, olvidar a Diego Creed.

El móvil de Diego interrumpió el silencio que se había creado entre ellos. Él atendió y, visiblemente sorprendido, le dio el teléfono a Abby.

—Es para ti.

—¿Para mí? —repitió ella, preguntándose quién podía llamarla al móvil de Diego—. ¿Diga?

—Abby, me alegro de oírte.

—¿Papá? ¿Cómo me has encontrado? ¿Por qué me llamas a este número?

Acto seguido, Abby le dio la espalda a Diego, se alejó unos pasos y bajó la voz. No quería que oyera su conversación.

—He llamado al balneario, y me han dicho que habías salido de excursión. Así que he llamado a la agencia de turismo, y me han dado el número del móvil del guía.

—¿Qué pasa?

Abby tragó saliva. A su padre le habría dado un infarto si hubiera sabido que el guía turístico era Diego Creed.

—Tienes que volver a casa.

—¿Ha pasado algo malo? —preguntó ella, llevándose una mano a la nuca.

—No, algo bueno.

—¿De qué se trata?

—Ken ha vuelto. Se dio cuenta del error que había cometido. Sólo fueron los nervios previos a la boda. Quiere hacer bien las cosas. Quiere verte.

—Quiere nadar y guardar la ropa, papá.

Abby se encontró recurriendo a una de los dichos favoritos de su madre. Salvo que Cassandra solía usar términos más subidos de tono.

—Eso no es propio de ti.

—Ken me dejó plantada en el altar y se fue a Las Vegas con una gogó. No voy a volver con él.

—Y se arrepiente de lo que hizo. Está suplicando tu perdón.

—¿Qué le ha hecho esa chica? ¿Asaltarlo?

—No te entiendo.

—¿La gogó le ha robado la cartera?

—Y el Corvette —reconoció el padre.

—Cassandra dijo que pasaría eso.

—¿Desde cuándo haces caso de lo que dice la bruja de tu madre?

—Evita esos calificativos, papá.

—Tienes razón. Lo siento. Ven a casa para que podamos arreglar esto.

—No voy a volver con él.

—Es un buen hombre que ha cometido un error.

—¡Ken es un zopenco!

—Abby —la reprendió él—, creía que no te gustaban esos calificativos.

—He cambiado de idea.

—De acuerdo, no tienes que casarte con él, pero tenéis que hacer las paces. Se acercan las elecciones, y tendréis que trabajar mucho juntos. No podemos permitirnos que la animosidad afecte al equipo.

—¿No lo has despedido?

—Cariño, Ken es mi jefe de campaña.

—¡Y yo soy tu hija!

—Una hija que sabe ser muy diplomática y afable, y una gran mediadora. Sé que puedes hacer esto.

—¿Quieres que me trague el orgullo? ¿Que vuelva con el rabo entre las piernas?

—No te lo pediría, pero sabes lo importante que es la campaña. Este asunto entre Ken y tú podría tener un efecto negativo en las elecciones.

—Entonces despídelo.

—Lo necesito, Abby, y lo sabes.

Ella estaba tan desilusionada que apenas podía contener las lágrimas. Al parecer, a su padre no le importaba su felicidad ni lo que ella necesitara; lo único que le importaba era lo que signi-

ficaba para su preciosa imagen y su sagrada campaña electoral.

—Lo siento, papá, pero no puedo. Tengo mucho en qué pensar. Necesito encontrarme a mí
misma.

—Abigail, ven a casa ahora mismo.

—No puedes darme órdenes. Ya no tengo diecisiete años.

Abby oyó que su padre resoplaba. Podía ima-
ginarlo apretando la mandíbula, tocándose el
puente de la nariz con el índice y el pulgar, sere-
nándose. No estaba acostumbrado a que lo desa-
fiara. Se había quedado en silencio, y Abby estaba
segura de que estaba tratando de decidir cuál
era la mejor manera de resolver la situación.

—No sé si sabes que así es como empezó
todo con tu madre —dijo él, al cabo de un
rato—. Un buen día se fue para encontrarse a sí
misma. Se suponía que sólo pasaría fuera un fin
de semana, después dijo que necesitaba una semana y por fin se largó con aquel hippie bohe-
mio, porque tenía que ser libre para seguir su pasión.

—Papá, no hagas que me sienta mal por esto.

—Los sentimientos son una elección, Abby. Te
enseñé a no dejarte llevar por ellos.

—Sí, y ha llegado el momento de que aprenda
a expresarlos.

Su padre gruñó.

—Ahora que lo pienso, Cassandra tenía tu
edad cuando se descarrió.

El juez sonaba amargado, resentido, y daba la
impresión de estar agrediéndola, tratando de ha-

cer que se sintiera culpable por querer vivir su propia vida.

A Abby se le hizo un nudo en el estómago por la mezcla de culpa, decepción y tristeza. De pronto tenía la extraña necesidad de comer macarrones con queso, o patatas con salsa de tomate. Necesitaba sepultar sus emociones con comida.

Las tácticas intimidatorias de su padre no iban a funcionar. Esta vez, Abby no iba a ceder y dejar que se saliera con la suya.

—Cassandra no está descarriada, como tú dices —dijo, con la voz quebrada—. Sólo es un espíritu libre.

—Endúlzalo si quieres, pero tu madre nos abandonó.

—No te estoy abandonando, papá. Sólo necesito estar sola un tiempo.

— No estás sola. Estás con Tess —replicó él—. Y me preocupa que pueda llevarte por el mal camino.

—Papá, por favor.

Él suspiró.

—Está bien. Tómate el tiempo que necesites, pero, por favor, mientras andes por ahí poniéndote en contacto con tus emociones, siguiendo tu pasión o lo que sea que hagas, no me avergüences. Si esta pequeña escapada genera un escándalo público y termina por costarme votos...

Abby jamás le había cortado el teléfono a su padre, pero lo hizo y, después de cortar, le devolvió el móvil a Diego.

Desde que su madre los había dejado, Abby

siempre se había puesto de parte de su padre. Cassandra era la irresponsable. Su padre se había quedado para criarla. Sin embargo, en aquel momento pensó en su madre y por primera vez vio a sus padres desde una perspectiva adulta.

Entonces se dio cuenta de que ni la separación podía haber sido unilateral, ni su padre era tan inocente como siempre había creído. Para la libre y alegre Cassandra no debía de haber sido fácil estar casada con un obseso del trabajo tan prudente y conservador como el juez.

—¿Era tu padre? —preguntó Diego.

Ella asintió.

—Quiere que vuelvas a casa, ¿verdad?

—Sí.

—¿Y lo harás?

Abby vaciló un momento.

—No —dijo, finalmente.

—¿Y qué vas a hacer?

Ella se encogió de hombros. No lo sabía.

Una avioneta estaba sobrevolando el cañón. Abby levantó la vista y vio que estaba escribiendo un mensaje en el cielo. Se protegió los ojos del sol con una mano, mirando cómo giraba en el aire, formando una palabra con humo blanco.

Cuando el piloto terminó y ella vio lo que había grabado efímeramente en el cielo, su corazón estuvo a punto de detenerse.

Allí, con letra irregular, estaba escrita la respuesta que había estado buscando: *Caída libre*.

4

Diego alcanzó a tomarla de un brazo justo cuando a ella se le aflojaron las rodillas.

—¿Abby? ¿Estás bien?

—El sol, el vórtice... Me siento débil.

—Puede que sea una lipotimia. Pon la cabeza entre las rodillas.

Él la ayudó a sentarse y sacó una cantimplora de la mochila. Se puso en cuclillas junto a ella, le dio el agua y empezó a hacerle un masaje en los hombros.

Los músculos del cuello de Abby parecían un campo minado de nudos. Diego sentía cómo se le tensaba el cuerpo ante su contacto, una reacción que lo hacía estremecer. Diez años antes había enterrado el recuerdo de Abby en el fondo de su mente y prácticamente había olvidado lo mucho que la había deseado.

Y lo mucho que ella lo había herido. El deseo

censurado durante un decenio había renacido, y
Diego volvía a estar tan excitado como a los dieciocho años, hambriento por el cuerpo de Abby,
desesperado por su afecto.

No le gustaba sentirse desvalido, y dejó de
acariciarle la nuca.

Una gota de agua cayó de la cantimplora al
pecho de Abby, le recorrió lentamente el escote
y desapareció entre los senos.

Diego contuvo la respiración y le miró el pecho. Sus dedos estaban ansiosos por tocarla una
vez más, pero no podía permitirse el lujo de hacerlo. Tenía miedo de que, si se dejaba llevar por
el impulso, estaría condenado para siempre. Sin
querer, abrió la boca y se humedeció los labios
con la lengua. Miró el agua cayendo entre los senos, apartó la vista y volvió a mirarla. Sentía que
la energía del vórtice lo empujaba hacia ella.

Era increíble. Incluso después de tanto tiempo,
aquella mujer seguía teniendo el poder de captar
toda su atención. Afortunadamente, ella estaba
mirando al cielo y no había notado que se la estaba comiendo con los ojos. A Diego lo aterraba
pensar lo que Abby podía decir si veía que la miraba con una necesidad tan intensa.

—La escritura en el cielo —murmuró ella, haciendo una seña—. Caída libre. Como el medallón de tu retrovisor.

—Sí.

Diego se estremeció al descubrir que Abby estaba temblando. Al parecer, no era el único que
estaba librando una batalla con sus sentimientos.

La vulnerabilidad de Abby lo conmovió profundamente. Siempre había creído que era fuerte y capaz de controlar sus emociones. Se alegraba de descubrir que estaba equivocado.

—¿Qué significa? —preguntó ella, volviéndose a mirarlo.

—Es un nueva oferta de turismo de aventura de Sunrise Jeep Tours, y yo voy a ser uno de los guías —contestó, esperando que la charla aplacara la creciente tensión entre sus piernas—. El itinerario incluirá actividades como vuelos con ala delta, puenting, viajes en globo y paracaidismo.

—¿De eso estabas hablando? ¿Ésa era la aventura a la que te referías?

Diego no estaba seguro de si Abby sonaba aliviada o decepcionada.

—¿De qué creías que hablaba?

Ella se sonrojó.

—Creía que... cuando decías que podías ayudarme a sacar mi pasión a la luz te referías a... a otra cosa...

—¿A qué?

Diego no estaba dispuesto a dejarla salir del aprieto. Quería oírla decir las palabras. Quería verla morirse de vergüenza.

Ella hundió la cabeza entre las rodillas y rió abochornada.

—Soy una idiota. Creía que hablabas de una aventura amorosa.

Y era cierto, pero él prefirió seguir el juego y, con una sonrisa, se encogió de hombros.

—De modo que estabas pensando en hacer el amor conmigo —dijo, con voz sensual.

Diego estaba seguro de que si Abby se ente-

raba de lo que estaba pensando, le daría una bo-
fetada y saldría corriendo.

—Ángel —añadió—. No te voy a mentir. Nada
me gustaría más que irme a la cama contigo.

—¿De verdad?

Diego no se podía creer que estuviera sor-
prendida cuando él prácticamente estaba ja-
deando. Estaba excitado e inquieto. Su mente y
su cuerpo ardían por hacer el amor con ella.
Pero sabía que si quería seducirla tenía que ser
cuidadoso. Además de tener un pasado esca-
broso que jugaba en contra de él, ella siempre
había tenido miedo de expresar su sexualidad.

Pero el beso que habían compartido le había
demostrado que estaba lista, aunque ella misma
no lo supiera. Abby estaba buscando su pasión, y
si él jugaba bien sus cartas, podría hacerla suya.

—Pero no voy a hacer el amor contigo —anunció Diego.

—¿No?

Esta vez, el tono no dejaba lugar a dudas: Abby
estaba desilusionada.

—No hasta que estés preparada. No quiero que
me acuses de haberte obligado a hacer algo de lo
que no estás segura al cien por cien. En especial, si
estás enfadada con tu padre. No quiero que me
uses para vengarte de él. Cuando llegue el momento, quiero que me supliques que te haga el
amor.

—Oh...

Ella suspiró y lo miró con timidez. El brillo del
deseo le nublaba los ojos. Parpadeó y se humedeció los labios con la lengua.

Él era increíblemente consciente de su presencia. Podía sentirla en toda la piel. En las terminaciones nerviosas, en los poros, hasta el pelo de la cabeza parecía vivo con ella. Había olvidado lo mucho que lo afectaba. Era perturbadora y muy estimulante.

—¿Pero harías el amor conmigo si te lo pidiera? —preguntó ella.

—¿Me lo estás pidiendo?

—Tess opina que necesito tener una aventura apasionada. Dice que ése era el problema de mi relación con Ken: que no tuve la oportunidad de explorar mis fantasías antes de prometerme.

—¿Y quieres que sea tu guía en el país de las fantasías?

Diego no sabía qué pensar. Estaba seguro de que Abby lo consideraba lo suficientemente bueno para una cita ardiente, pero no creía que fuera el indicado para una relación a largo plazo. No pudo evitar enfadarse.

—No he dicho que sea lo que quiero. Sólo te decía lo que piensa Tess.

—A mí me gustaría saber lo que piensa Abby —gruñó él.

—Abby no está segura de lo que piensa. Eso es lo que trata de averiguar.

—¿Estás segura de que soy la persona con la que debes hablar de esto? ¿No recuerdas lo que decía tu padre de mí?

—Que me llevarías directa al infierno.

Al verla sonreír, Diego dejó de sentirse molesto.

—Tenía razón —aseguró.

—Tal vez esté lista para un poco de fuego y azufre.

—¿Qué sugieres?

Diego arqueó una ceja y se acercó más a ella.

—No lo sé.

—Lo sabes. Dilo.

Ella respiró profundamente.

—De acuerdo, quiero descubrir si tengo la sangre apasionada de Cassandra en las venas. Quiero averiguarlo para que deje de atormentarme. Quiero dejar de estornudar cuando tengo fantasías eróticas.

—Está bien.

—Pero tiene que ser discreto. Mi padre está en plena campaña electoral; no puedo montar un escándalo ni nada que pueda dañarlo.

—Comprendo. Seré tu pecado secreto. El tipo que recordarás con cariño cuando seas una anciana de noventa años y te sientes en tu mecedora a pensar en el pasado.

Abby se mordió el labio inferior.

—Sí. ¿Te molesta?

—¿Que quieras tener relaciones sexuales conmigo para dejarme después? —preguntó, con una punzada en el corazón—. Bueno, por lo menos esta vez habrá sexo antes de que me abandones.

—Sigues enfadado porque no me escapé contigo.

—No. No estoy enfadado. Eso pasó hace mucho tiempo. Sólo estoy decepcionado contigo.

—¿Decepcionado?

—Sí, porque sigues dejando que tu padre dirija tu vida.

—Por eso estoy aquí, Diego. Quiero cambiar. Eres un viejo amigo, y te pido ayuda porque eres el hombre más apasionado que conozco. Pero si para ti es demasiada presión, lo entiendo. No hay ningún problema.

—No me siento presionado. Soy libre y accesible. De acuerdo; te enseñaré a encontrar la pasión de vivir. Por los viejos tiempos.

—¿En serio?

Abby parecía feliz y aterrada al mismo tiempo.

—En serio.

Él levantó la vista y la obsequió con su mejor sonrisa. Más de una vez le habían dicho que su sonrisa hacía que a las mujeres se les aflojaran las piernas. Pero Abby se mantuvo erguida, con los hombros rectos y las manos entrelazadas.

—¿Y aceptas que lo que pase en Sedona se quede en Sedona? —preguntó, recelosa—. ¿Que mantengamos nuestro romance en secreto? Tess será la única que lo sepa.

—Sí.

Pero mientras daba el visto bueno, Diego no podía dejar de pensar que en cuanto le diera a probar a Abby el placer y la diversión que se había estado perdiendo, ella misma se rebelaría contra el mundo perfectamente ordenado del juez. Y cuando aquello sucediera, él tendría un asiento en primera fila para disfrutar del espectáculo.

—Abby, Diego, poneos los pantalones —les gritó Tess mientras subía por las rocas.

LA CONQUISTA DEL PLACER

—¿Qué cree que estamos haciendo? —se indignó Abby—. Estamos en la cima de una montaña, a la vista de todo el mundo.

Diego rió entre dientes.

—¿Explorar nuestra pasión?

—Abrochaos las camisas, que estamos llegando —dijo Tess.

—¿Estamos? —preguntó Abby.

Diego se encogió de hombros.

—A mí no me mires. Es tu amiga.

En aquel momento aparecieron Tess y un atractivo hombre de facciones duras y cierto parecido con el actor Colin Cruz. El tipo la sujetaba por la cintura, y ella estaba recostada contra él, riendo.

—No me lo puedo creer —dijo Abby—. La dejas veinte minutos sola en medio de la nada y encuentra a alguien con quien ligar.

—¿Ves?, eso es lo que la pasión hará contigo —bromeó Diego.

—Es justo lo que me temo —murmuró ella—. Deja de sonreír.

Él no obedeció.

—Abby, Diego, os presento a Jackson Dauber —anunció Tess—, el especialista de Colin Cruz.

—Hola —dijo Jackson.

—Jackson es australiano. Como Mel Gibson, Russell Crowe y el tipo de los cocodrilos.

—No soy tan famoso como ellos, pero aquí la niña parece impresionada.

Jackson y Tess se miraron y sonrieron con complicidad.

—¿Quién no se impresionaría con estos múscu-

los? —replicó ella, apretándole un bíceps—. Eres
mucho más atractivo que Colin Cruz.

—Ese tipo es blando como la gelatina, cariño.
No puedo creer que hayas fantaseado con un
tipo como él.

—Eso era antes de conocerte. Y no me puedo
creer que subieras por el sendero justo mientras
yo estaba sentada ahí, esperando que pasara algo
interesante.

—El destino me ha traído al vórtice. Ha sido
eso. Nada menos que el destino —les dijo Jackson a Abby y a Diego—. Estaba destinado a conocer a Tess hoy.

—El destino —repitió Abby.

—Sí. Se suponía que esta mañana íbamos a
grabar una escena de acción, pero en el último
momento el director ha decidido rodar una escena romántica en un plató cerrado —explicó
Jackson—. Así que nos ha dado el día libre a los
demás. De lo contrario, en este preciso instante
estaría cayendo de un cañón en un coche, en lugar de estar disfrutando de las vistas con mi
nueva chica.

Acababan de conocerse, y Jackson ya consideraba que Tess era su chica. Iban demasiado deprisa. Abby trató de captar la atención de su
amiga para decirle con la mirada que debía tomarse las cosas con más calma, pero Tess estaba
absorta con el atractivo especialista.

—Oh, Jackson... —murmuró Tess, colgándose
del brazo de su nuevo amigo como una admira-
dora.

Abby estaba perpleja. De no ser por lo mucho

que la conocía, habría jurado que Tess estaba enamorada.

—Jackson ha venido andando. ¿Podemos llevarlo de regreso a Sedona, Diego? —preguntó Tess.

—Por supuesto.

Abby le lanzó una mirada asesina. Sabía que los estaba alentando, porque era un gran defensor de la pasión. Pero desde su punto de vista, la pasión entre Tess y Jackson iba a terminar hiriendo a uno de los dos. Y Abby se temía que su amiga sería la perjudicada.

Jackson le dio las gracias a Diego y le guiñó un ojo.

A Abby no le gustaba nada lo que insinuaba aquel guiño.

—Estábamos a punto de volver —dijo Diego.

Para cuando llegaron al todoterreno, el sol estaba en su cénit, y había bastantes turistas en la zona. Tess y Jackson se sentaron en el asiento trasero; Abby y Diego, en el delantero.

Cuando salieron a la carretera, un hombre surgió de detrás de una roca, les sacó una fotografía y desapareció.

Abby lo reconoció. Era el turista de las sandalias con calcetines que buscaba el vórtice.

—Qué raro —comentó—. ¿Por qué nos habrá sacado una foto?

—Será un paparazzi —dijo Jackson—. Me confunden con Colin Cruz todo el tiempo.

Abby no habría sido capaz de explicarlo, pero tenía la sensación de que aquel hombre no era un paparazzi. Había algo en él que no encajaba.

—¿Adónde te llevo, Jackson? —preguntó Diego cuando estaban llegando a Sedona.

—Al balneario Tranquility.

—¿Te hospedas ahí? —exclamó Tess—. Eso es genial. Nosotras también.

—Esto es lo que yo llamo una agradable coincidencia.

—Es el destino —afirmó Tess, apoyando la cabeza en el hombro de Jackson.

Al margen de su preocupación por Tess, en el fondo Abby tenía envidia de la facilidad con la que su amiga se dejaba llevar por las emociones. Tess no se detenía a analizar, a planear ni a hacer conjeturas. Sencillamente aprovechaba el momento y lo vivía, sin que el sentido común y el miedo a sufrir la limitaran.

Cuando llegaron al balneario, Tess y Jackson se bajaron del todoterreno y entraron juntos. Diego se apresuró a tomar a Abby del brazo para retenerla.

—¿Y bien? —dijo—. ¿Nuestro trato sigue en pie? Mañana tengo el día libre, y he pensado que podíamos empezar con algo muy divertido.

—Pues...

Lejos de la influencia del vórtice eléctrico, la valentía de Abby desaparecía. Empezaba a albergar serias dudas sobre la aventura que habían acordado en las montañas. Lo deseaba, sí; pero también tenía miedo.

—No sabes qué hacer, ¿verdad? —dijo él, terminando la frase que ella no se atrevía a pronunciar—. Meterte en un romance impetuoso no es propio de ti.

—No, y tienes razón: no sé qué hacer. Por un lado eres muy atractivo y estoy deseando avivar la vieja llama que había entre nosotros. Pero por el otro, no quiero tratarte mal.

Diego sonrió con ternura.

—No te preocupes por mí. Comprendo perfectamente tus dudas. Has pasado mucho tiempo diciéndote que eres sensata, tranquila y racional. Desafiar tus valores y creencias requiere mucho coraje.

—El caso es que ni siquiera estoy segura de querer desafiarlos.

—Sí que lo estás, o no estarías aquí conmigo.

—Tess organizó el viaje. Yo no tenía idea de que me traía a Sedona para que volviera a verte.

—Pero dejaste que ella lo organizara...

Abby suspiró.

—Es cierto.

—Y sabes cómo es Tess.

—Sí.

—Insisto en mi afirmación. Inconscientemente, querías estar aquí.

Diego tenía razón.

—No es que quiera cambiar mis creencias y mis valores —dijo ella, después de un momento—. Es sólo que necesito descubrir unas cuantas cosas sobre mí antes de poder seguir con mi vida.

—¿Qué es exactamente lo que quieres de mí, Abby?

—Quiero la aventura romántica de mi vida.

Abby apenas podía creer que hubiera tenido el valor de pedirle a Diego todo lo que necesi-

taba. Se había pasado la vida tratando de suavi-
zar las cosas, preocupándose por lo que que-
rían los demás y sin preguntarse qué quería
ella.

Hasta aquel momento. Era una idea nueva y li-
beradora, que iba a tratar de disfrutar al máximo.

—En ese caso, eso es lo que te daré —prome-
tió él—. Vendré a buscarte a las cinco de la mañana.

—¿A las cinco de la mañana?

Aunque Abby era madrugadora, las cinco de la
mañana le parecía un exceso.

—Veremos el amanecer desde un ala delta,
¿qué te parece?

—¿Un ala delta? —preguntó aterrada—. No
estoy segura de necesitar una aventura tan intensa.

—Eso sólo para empezar. Va a ser mucho más
intensa.

—Oh...

—Oh, sí.

Acto seguido, Diego la tomó entre sus brazos
delante de la puerta principal del balneario.

Abby no se sentía nada cómoda con las de-
mostraciones de afecto en público, pero no sabía cómo apartarse sin parecer nerviosa y remilgada.

—Necesito tomarme las cosas con calma, ir
paso a paso.

—Ángel, volar con ala delta no es nada complicado —dijo él—. Iremos juntos. Yo haré todo
el trabajo; tú sólo tendrás que relajarte y disfrutar de las vistas.

—¿Y qué pasa si estamos en el aire y me da un ataque de pánico? ¿Si pierdo el control o me pongo a estornudar como loca?

—Regla número uno de la pasión: si pierdes la cabeza, se acaba el juego. Tienes que estar tranquila.

—Eso se aplica también a cuando estemos haciendo el amor en la cama, ¿verdad?

—Pero sólo si decidimos hacerlo en la cama, ¿no?

El tono de Diego le provocó un escalofrío.

—Sólo he tenido relaciones sexuales en una cama —reconoció ella.

Él chasqueó la lengua.

—Es lo que me temía. Regla número dos: sin camas.

—¿Y cuál es la regla número tres? —preguntó Abby, en voz baja.

—Simplemente, dejarse llevar y que suceda lo que suceda.

Diego le puso un dedo debajo de la barbilla para levantarle la cabeza, agachó la suya y la besó, allí, delante de los empleados del balneario.

—Esos tipos nos están mirando —murmuró ella.

—Que miren, si quieren.

—¿Y qué hacemos si dicen algo? Recuerda que acordamos que mantendríamos esto en secreto.

—Déjalos que cotilleen. Esto no es Silverton Heights. Nadie le va a ir con el cuento a tu padre.

—No puedo poner en peligro su posición.

—Les pagaré para que mantengan la boca cerrada.

—Hablo en serio. Es importante.

—Tú también lo eres. ¿Cuándo vas a dejar de poner los intereses de los demás por delante de los tuyos?

—No lo entiendes —empezó a protestar ella, pero Diego le tapó la boca con un dedo.

—Shhh. Concéntrate en lo que quieres y olvida todo lo demás.

Ella respiró profundamente.

Diego la besó, mirándola a los ojos. Abby estaba tan abrumada por las emociones que la atravesaban que tampoco cerró los ojos.

Sus miradas estaban tan entrelazadas como sus labios. Ella nunca había besado con los ojos abiertos, y la sorprendía descubrir lo increíblemente erótico que era.

Diego se apartó.

—¿Eso te ha asustado?

—Un poco —reconoció ella—. Si no me hubieras sujetado por los hombros, tal vez habría salido corriendo.

—Está bien —dijo él—. Pero también ha sido excitante, ¿verdad?

—Sí —confesó Abby.

—Liberador.

—Así es.

—Quiero que tengas presente que tienes el control de todas las aventuras que vivamos juntos. Sexuales o de las otras. Cuando algo te asuste y sientas que no puedes seguir, nos detendremos. No pasará nada que no quieras que pase.

—Gracias. Es muy amable por tu parte.

—Salvo —añadió él, con voz sensual— que decidas que quieres renunciar al control y prefieras dejarte llevar.

5

Dejarse llevar. Rendirse. Capitular.

Abby estaba recostaba en la cama, mirando el techo y pensando en lo tentadora que era la idea de abandonarse a la pasión, pero se preguntaba si de verdad estaba hecha para la aventura, la diversión y el sexo sin prejuicios.

La inquietaba la idea de lo que pudiera pasar si descubría que era tan apasionada que ya no podía seguir con su vida de siempre; si comprobaba que Cassandra tenía razón.

Tess escogió aquel momento para irrumpir en la habitación que compartían, y Abby se sobresaltó al oírla entrar.

—Es oficial —dijo su amiga, tumbándose en la cama—. Estoy muy, pero que muy excitada.

—Dime algo que no sepa.

—En serio, la energía del vórtice es increíble. Este lugar me va a convertir en creyente.

—¿Qué tiene que ver la energía electromagnética de la tierra con que estés excitada?

—Todo.

—Si tú lo dices...

Abby sacudió la cabeza. Nunca habría imaginado que Tess se dejaría atrapar por la locura de los vórtices. Aunque no podía negar que ella misma había sentido algo impresionante en la cima de la montaña.

—Hablo en serio —dijo Tess, con seriedad—. Hacía mucho, mucho tiempo que no deseaba tanto a nadie.

—Mentira. Pero si ayer te derretías por Colin Cruz...

—Era una fantasía, Abby. Pero créeme, Jackson es muy real.

—¿Ya habéis tenido relaciones? Dime que aún no te has acostado con él, por favor —suplicó ella, mirando el reloj—. Lo has conocido hace apenas cinco horas.

—No hemos tenido relaciones sexuales —contestó Tess, con una sonrisa traviesa—. A menos que consideres que manosearse en la paz del jardín es sexo.

—¿Cuánto os habéis manoseado?

—Digamos que el jardín no estaba precisamente en paz cuando lo hacíamos.

—¡Tess! La gente viene a este balneario a relajarse. Ten un poco de consideración.

—Ellos se relajan a su manera y yo a la mía.

—Eres incorregible.

—Y por eso me quieres. Sin mí, tu vida sería un aburrimiento total.

—Eso no es justo —se defendió Abby—. Hago cosas interesantes.

—Menciona una.

Ella frunció el ceño. Trabajaba en una oficina, colaboraba en la campaña electoral de su padre, hacía gimnasia con regularidad e iba a la iglesia los domingos. Para divertirse, se tumbaba en el sofá a ver películas en pijama y zapatillas. Para relajarse, preparaba platos de alta cocina. Para entretenerse, escuchaba música clásica.

Tess tenía razón. Su vida era espantosamente aburrida. Era uno de los motivos por los que se estaba embarcando en aquella aventura con Diego. El otro era demostrar que Cassandra estaba equivocada. Estaba decidida a sentar un precedente. Iba a demostrarle a su madre que una persona podía permitirse vivir una aventura apasionada y después retomar su camino sin destruirle la vida a nadie en el proceso.

—¿Y bien? —insistió Tess.

—Me gusta estar contigo.

—¿Ves? Soy tu salvación. Le doy color a tu vida.

—¿Volverás a ver a Jackson? —preguntó Abby, impaciente por cambiar de tema.

—Tenlo por seguro. Mañana me va a llevar al sitio donde están rodando, y planeamos hacer el amor en la caravana de los dobles. ¿No es excitante?

—Mientras no os descubran...

—¿Por qué? ¿Qué es lo peor que puede pasar? ¿Que me echen? Mira qué problema.

—Jackson podría perder el trabajo.

—¿Tú crees?

—Tal vez.

—Oh. No se me había ocurrido. No me gustaría que perdiera el trabajo.

—Es un inconveniente, así que deberías controlarte un poco. Además, no querrás ser sólo otro nombre en su lista de conquistas.

—¿Por qué no? Yo estoy encantada de incluir su nombre en mi lista de conquistas.

Abby sacudió la cabeza.

—Un día de éstos te van a romper el corazón —dijo, esperando que no fuera pronto.

—A mí, no. Yo soy la rompecorazones. He aprendido la lección de los errores de mis padres. El amor verdadero no existe, sólo en los cuentos de hadas.

—Eso es muy negativo.

—Piensa en lo que has tenido que pasar con tus padres y en cómo Ken te plantó en el altar, y dime si el amor no es una mentira.

Abby se encogió de hombros.

—¿Qué puedo decir? Yo tengo muchas esperanzas.

—Hablando de esperanzas, hablemos del encantador señor Creed. ¡Sigue siendo un tiarrón! Ahora bien, ¿es el mismo tipo sensual que recordabas?

Abby se encogió de hombros con gesto indiferente. En realidad, Diego era mucho más sensual de lo que recordaba, pero aún no estaba preparada para hablar de lo que sentía por él. Necesitaba tiempo para asimilar lo que había pasado.

—¿Habéis coqueteado en la montaña? Por eso

me he quedado a mitad de camino, para que pudierais estar a solas. Eso, hasta que ha aparecido Jackson y me he olvidado completamente de vosotros.

—Sí —reconoció Abby—. Nos hemos besado.

—¿Y bien? ¿Cómo ha sido?

Abby trató de mantener la calma, pero el recuerdo de los besos le hacía cosquillas en el estómago como un secreto feliz que era incapaz de callar.

—Ha sido increíble.

—Dame detalles.

—Lo único que puedo decir es ¡guau!

—¿Es como lo recordabas?

—Es muchísimo mejor —afirmó Abby—. Cuando éramos adolescentes, yo estaba demasiado tensa como para disfrutar, y Diego, demasiado ansioso para ir despacio. Pero ha madurado mucho —se sonrojó—. Y debo reconocer que está muy guapo.

—¿Cuándo volverás a verlo?

—Mañana me va a llevar a hacer ala delta. Eso, si no me echo atrás.

—¿Y por qué habrías de hacerlo? Es exactamente lo que necesitas.

—Sabes cómo soy, me gusta tener los pies firmemente plantados en la tierra. Esto de volar... —movió la cabeza en sentido negativo.

—¿Y adónde te ha llevado el tener los pies plantados tan firmemente? A tener un trabajo de oficina; a ir a la universidad que tu padre eligió para ti; a comprometerte con el hombre más aburrido del mundo.

—Haces que mi vida parezca horrible, y no lo es. Estar conectada con algo más grande que yo, como nuestra comunidad o la organización para que trabajo, me da paz de espíritu. No soy como tú. No necesito sentir que la tierra se mueve para sentirme viva.

—¿De verdad te da paz de espíritu? —preguntó Tess, con tono desafiante—. ¿O sólo lo dices porque tienes miedo de hacer el amor con Diego y descubrir lo maravilloso que es sentir que la tierra se mueve bajo tus pies?

—Sólo me preocupa que estas aventuras me cambien para mal.

Acto seguido, Abby le habló de la llamada de su padre.

Tess suspiró.

—No te preocupes. No te vas a convertir en Cassandra.

—¿Cómo lo sabes?

—¿Y por qué no puede cambiar todo para mejor? ¿Por qué no piensas que tu padre terminará aprobando tu búsqueda de independencia, cuando se haga a la idea, y se alegrará de que hayas madurado?

—Dudo que eso ocurra. Estaba muy enfadado conmigo. Tiene miedo de que le sabotee las elecciones.

—¿Sabes lo que necesitas? —empezó a decir Tess.

—Oh, no —interrumpió Abby—. Esa frase fue la que me arrojó a este dilema.

—Lo que te puso en esta situación fue que Ken te abandonara por Racy Racine. Yo sólo añadí leña al fuego. Escucha, lo que necesitas es hacer algún cambio ahora mismo.

—¿En qué estás pensando?

La idea la intrigaba. Cambiar algo pequeño podría darle ánimos para intentar algo más grande y atrevido. Como volar con ala delta. Como tener relaciones sexuales con Diego fuera de una cama.

—Podrías usar mi ropa —dijo Tess—. Ponerte algo provocativo y sensual. Tirar esa ropa remilgada que tienes. ¿Quieres usar mi camiseta turquesa?

—¿La que deja el ombligo al aire?

—Esa misma.

—Tal vez.

—Podrías combinarla con mis vaqueros de talle bajo. Hacen un conjunto de infarto. Y quedarían geniales con esas botas de ante tan bonitas que tienes. Ya sabes, las del tacón ancho.

Mientras oía a Tess, Abby pensaba que un cambio de vestuario no podía hacer daño a nadie. No acostumbraba a usar prendas que le dejaran el estómago al descubierto, pero en Silverton Heights no tenían por qué enterarse de que se estaba paseando por Sedona con el ombligo al aire.

—Y deberías hacerte algo en el pelo —reflexionó Tess—. Llevas el mismo peinado desde la adolescencia.

—¿Crees que me lo tendría que cortar?

—Tengo entendido que el balneario tiene una peluquería muy buena. Ve y hazte un corte moderno y atrevido. Creo que el pelo corto te quedaría fabuloso.

—¿No sería algo drástico?

—La clave es que sea drástico. Además, sólo es pelo, Abby. Volverá a crecer.

Instintivamente, se llevó una mano a la cabeza para tocarse la melena. Cortársela sería un paso audaz, y no estaba segura de estar preparada para hacerlo. Sin embargo, no podía evitar pensar que, si no era capaz de cortarse el pelo, difícilmente podría tener un tórrido romance con Diego.

—Vamos, Abby. Libérate —la animó Tess, moviendo los dedos como si fueran tijeras—. Chas, chas.

Diego entró en el vestíbulo del balneario a las cinco de la mañana siguiente y se dirigió a la recepción. Pasó por delante de Abby antes de reconocerla.

Se detuvo a mitad de camino, se volvió lentamente hacia ella y se quedó boquiabierto.

—¿Abby?

Ella estaba a un lado de la puerta, iluminada por una luz tenue. Llevaba puesta una diminuta camiseta turquesa que apenas le cubría los senos y las costillas, dejando al descubierto un abdomen firme y un ombligo delicioso.

En los tres meses que habían sido novios durante su adolescencia, jamás le había visto el ombligo. Y en aquel momento le estaba dando una visión clara y absoluta. De alguna manera, resultaba más erótico que si hubiera estado totalmente desnuda.

Pero las sorpresas no terminaban ahí. Diego se quedó mudo al descubrir que no detestaba que Abby se hubiera cortado la preciosa melena. De hecho, el pelo corto y revuelto la hacía mucho más atractiva e irresistible. El nuevo peinado era una llamada a la diversión. Y el flequillo y los mechones que le caían a los lados resaltaban la belleza de sus ojos color avellana y la sensualidad de su boca.

Una embriagadora combinación de testosterona y adrenalina desató un torrente de imágenes carnales en su mente.

De pronto se vio con ella; los cuerpos entrelazados en la cama; el eco de los jadeos; el placer de contemplarse, oírse, saborearse; el estremecimiento y la sensibilidad de una sesión de sexo endiabladamente bueno.

La idea de ser el que desatara la pasión contenida de Abby lo abrumaba. Estaba tan excitado por los cambios que se moría por pedir una habitación, levantarla en brazos y correr escaleras arriba como Rhett Butler con Scarlett O'Hara para amarla hasta hacerle perder el sentido. Pero le había prometido sexo salvaje y poco convencional. Además, quería que lo deseara con la misma desesperación con que la deseaba él.

Hasta entonces, tendría que dominarse. Si podía.

—¿Diego? —lo llamó ella, sacándolo de la ensoñación con el tono tímido de su voz.

—No... no te había reconocido...

Él esperaba encontrar a la Abby convencional y cuidadosamente peinada, no a aquella criatura rebelde y sensual. Inconscientemente, ella se llevó una mano a la nuca.

—¿Qué te parece mi nuevo corte de pelo? —preguntó—. Ha sido idea de Tess.

—No importa lo que me parezca. ¿Qué te parece a ti?

—No lo sé —contestó Abby, mirándolo con detenimiento para tratar de calcular su reacción—. No he tenido tiempo de acostumbrarme.

Diego quería decirle que le daba igual que tuviera el pelo largo o corto, liso o revuelto. Lo que la hacía ser su ángel era su sonrisa franca, su risa fácil y su corazón compasivo. Sin embargo, no estaba seguro de que estuviera preparada para oírlo.

En realidad, tampoco estaba seguro de estar preparado para decirlo. Las cosas entre ellos eran aún muy inciertas.

—Sí, lo sabes. Abby, ¿te gusta tu nuevo corte de pelo?

Estaba decidido a obligarla a abandonar la costumbre de buscar la aprobación de los demás antes de tener su propia opinión.

—Pues... bueno...

—Contesta la pregunta —gruñó.

—De acuerdo, me gusta. De hecho, creo que me encanta. Es tan cómodo que me siento mucho más joven y liviana de lo que me he sentido en años.

—A mí también me gusta.

—Menos mal —dijo ella, suspirando—. Temía que te pareciera horrible.

—Aunque me pareciera horrible, cosa que no

ocurre, es tu pelo. Llévalo cómo quieras. Deja de buscar la aprobación ajena.

—¿De verdad hago eso?

—Sí.

—¿Y cómo puedo dejar de hacerlo?

—Vamos —dijo él, tendiéndole la mano—. Te lo enseñaré.

Abby tenía el pulso tan acelerado como él, pero lo tomó de la mano y dejó que la llevara hasta el todoterreno.

Aún no había salido el sol, y el equipo de ala delta que Diego había tomado prestado de Sunrise estaba sujeto a la baca. Después de ayudarla entrar, él se sentó en su asiento y encendió el motor.

—Te he traído chocolate caliente y un bollo —dijo, señalándole la bolsa que había en el asiento.

—Te has acordado de que no me gusta el café —comentó ella, enternecida por el gesto—. Ha sido muy amable por tu parte.

Por algún extraño motivo, él se sintió avergonzado.

—¿Qué puedo decir? Dejaste huella en mí. Dicen que nunca se olvida el primer amor.

—No fui tu primer amor. Saliste con un montón de chicas antes que conmigo.

—Tuve novias, sí, pero tú fuiste la única que me volvió loco.

—Sólo me deseabas porque no quería montar en tu moto ni accedía a tener relaciones sexuales.

Aunque Abby lo había dicho en tono de broma,

había parte de verdad en su comentario. No obstante, la atracción que sentía hacia ella iba mucho más allá de la emoción de la cacería. La recordaba como no recordaba a ninguna otra.

Ella había sido especial, y no sólo por haber sido la que se le había escapado. Lo intrigaba porque había sido tan perfecta y tan intocable que siempre había tenido que contener la necesidad de impulsarla a dejarse llevar.

O, tal vez, sencillamente porque le había roto el corazón.

Mientras Abby bebía el chocolate, Diego encendió la radio. Como sabía que a ella le gustaba la música clásica, se puso a buscar una emisora.

—¿Por qué no pones algo más movido? —preguntó ella—. Rock, hip hop o rap.

—¿Por qué? Ese tipo de música no te gusta.

—Pero a ti sí.

—Deja de tratar de complacerme.

—No pretendo complacerte. Sólo trato de descubrir qué es lo que me gusta realmente. Se me ha ocurrido que escucho música clásica porque mi padre siempre la ha escuchado.

—De acuerdo —dijo él, girando el dial.

Diego la miró de reojo mientras conducía. Aún no se había acostumbrado al cambio de peinado, y se preguntaba si se había cortado el pelo para demostrarle que estaba preparada para seguir adelante con su relación.

Sólo esperaba no haber prometido más de lo que podía cumplir. Le había dicho que podía enseñarle a sentir la pasión, pero ya no estaba tan seguro. Sabía que podía mostrarle sus propias pasiones, pero no si podía ayudarla a encontrar las suyas.

Estaba totalmente aterrado. Temía fallar y no poder sacarla de su rutina; o que Abby se alterara con el ala delta como se alteraba cuando trataba de llevarla a dar una vuelta en su Ducati; o que decidiera que él era demasiado audaz para ella.

A lo largo de sus veintiocho años había compartido sus pasiones con muchas mujeres. Algunas habían vivido sus aventuras con entusiasmo; otras habían sido incapaces de lidiar con su estilo de vida.

Pero aquello era diferente. Esta vez se trataba de Abby y de su futuro. Si fallaba, ella volvería a la vida que otro había elegido para ella, sin haber comprendido lo grande que era mundo fuera de Silverton Heights.

No. Diego no iba a permitir que se rindiera. Abby le había pedido ayuda, y él se entregaría en cuerpo y alma para encender su pasión. De una forma u otra, lo conseguiría. Ella merecía conocer la felicidad que la vida le deparaba, si aprendía a confiar en sí misma y a perseguir sus propios deseos y no los de los demás.

Cuando llegaron al lugar de despegue, en las afueras de Sedona, el todoterreno vibraba al ritmo de la música, y el sol despuntaba en el horizonte.

Abby lo ayudó desatar el ala delta de la baca, y diez minutos después estaban en la cima de la pista de despegue, metidos en un arnés para dos. A aquella hora hacía frío, y Abby se alegró de haber llevado un jersey, aunque imaginaba que no tardaría en querer quitárselo.

—¿Cómo estás? —preguntó Diego.

—Nerviosa.

—No hay nada que temer —afirmó él, acariciándole un hombro—. Estoy aquí.

Ella se ajustó las correas del arnés y echó un vistazo a la pendiente. El miedo le aceleró el corazón.

—El ala delta parece tan frágil... —dijo, mirando la estructura metálica.

—Es muy resistente.

Diego la movió para que viera que no se iba a partir en pleno vuelo.

—¿Cómo lo manejas?

—Me sujeto a la barra de control y cargo el peso dependiendo de hacia dónde quiera planear.

—Suena complicado.

—No lo es en absoluto. Tú relájate. Yo haré todo el trabajo.

—Se parece al sexo —bromeó ella.

—No al sexo conmigo. Espero que te esfuerces tanto como yo. En lo que a mí respecta, dar es tan bueno como recibir.

—Está bien.

La expresión de los ojos de Diego la hizo temblar. Era como si supiera que nunca había sido muy diestra ni inspirada en el dormitorio.

—¿Eso te asusta?

—Sólo espero no decepcionarte.

—No te preocupes —dijo él—. Tengo mucha paciencia. Tanto en la cama como fuera.

—¿Qué pasa si no me gusta el ala delta? —

preguntó ella, apresurándose a cambiar de tema antes de que la asaltaran sus estornudos.

—Me lo dices, y aterrizamos. Pero te advierto que cuando empecemos a correr no podremos detenernos hasta que estemos en el aire.

—De acuerdo.

—Pero dale una oportunidad.

—Ojalá hubiera traído un tranquilizante —murmuró.

—No necesitas sedarte. Puedes hacer esto. Confío en ti.

Diego sabía qué era lo que debía decir, porque ella odiaba decepcionar a los demás. Abby exhaló y enderezó los hombros.

—Lo haré lo mejor que pueda.

—Si has sido capaz de cortarte el pelo, esto será pan comido.

Acto seguido, Diego le dio instrucciones previas al vuelo. Abby se estaba dejando llevar, confiando en él. Era un gran paso para ella. De hecho, no se podía creer lo que estaba haciendo. La mujer a la que tiempo atrás le daba pánico montarse en una motocicleta estaba a punto de saltar desde un acantilado con una frágil vela amarrada a la espalda.

—El clima es perfecto —continuó—. Hay una brisa suave subiendo por la pendiente. Me comunicaré por radio con Sunrise para dar la ruta.

Llamó a la agencia de turismo y le dio a la recepcionista su posición y las coordenadas de aterrizaje.

—Ya estamos listos —dijo, enganchándose la radio en el cinturón—. Ponte el casco.

Se pusieron los cascos al mismo tiempo.

—¿Qué hacemos ahora? —preguntó ella, tratando de controlar la respiración.

—Empezaremos a correr por la ladera. Corre tan deprisa como puedas.

—¿Eso es todo?

—Eso es todo. Allá vamos. A la de tres. Uno, dos y tres.

Comenzaron a correr hacia el borde del acantilado.

—Sigue corriendo hasta que estemos en el aire —dijo Diego—. Aférrate a las correas del arnés y no te agarres de la barra de control en ningún momento durante el vuelo.

—De acuerdo.

Unos segundos más tarde, estaban en el aire, sostenidos por los arneses, volando juntos boca abajo. El viento empujaba la vela y los elevaba al cielo.

Abby sentía el hombro de Diego rozando el suyo. Él iba levemente encima de ella, y cuando se movía para dirigir el aparato le golpeaba provocativamente el trasero con la pelvis.

Estaba fascinada, tanto por la cercanía y por el roce de sus cuerpos como por la emoción del vuelo. Estaba atenta a todo. El perfume de Diego, la sensación de liviandad, la inmensidad de la vista, el embriagador sabor a libertad en la boca.

—¿Estás bien? —preguntó él.

—Estupendamente.

El ala delta planeaba sobre la tierra, liviano como una pluma. El silencio era pasmoso, y no muy lejos había un halcón sobrevolando las cumbres.

El paisaje era imponente. Cañones de roca roja, valles encantados, piedras antediluvianas desperdigadas por el terreno...

Abby sentía la fuerza, la energía, la emoción. Era una corriente de vitalidad que emanaba de la tierra, del aire y de sus cuerpos.

Miró a Diego de reojo. La expresión de su cara era tan inspiradora como las espectaculares vistas que los rodeaban. Los ojos, encendidos con un brillo extraño; la sonrisa, cándida. Estaba volando más lejos que ella; su mente estaba en el paraíso.

Y ella se moría por ir con él.

Diego planeó sobre las termas, con la atención puesta en maniobrar el ala delta. Abby podía mirarlo sin que se diera cuenta. Descendían en picado y giraban, daban vueltas y subían. Dos pájaros humanos surcando el cielo.

Mientras miraba los rasgos de Diego iluminados por la luz del amanecer, Abby pensó que aquello debía de ser a lo que se referían cuando hablaban de pasión. Le encantaba lo que estaba haciendo. Le encantaba volar; amaba la naturaleza y la independencia.

Diego tenía pasión por el cielo, por la aventura, por la vida. Tenía lo que ella quería.

Sin darse cuenta, Abby se preguntó si tendría la misma expresión cuando hacía el amor. Totalmente absorto, extasiado, comprometido. Aquel pensamiento irreverente le hizo sentir cosquillas en todo el cuerpo.

Sintió un extraño picor en su interior. Era una sensación tan especial que tenía miedo de que desapareciera si la analizaba demasiado. Bastaba con decir que sentía una liviandad, un júbilo que nunca había experimentado.

Disfrutó del viento contra la cara, del calor del sol en las mejillas, de la sensación de ser un ave volando por debajo de ellos.

Era una mezcla de libertad y redención. Cuando volaba no pensaba ni en sus miedos ni en sus preocupaciones. En aquel momento, era completamente libre. Una y otra vez repitió el nombre de Diego en su mente, casi como una plegaria.

—Veo un buen lugar para aterrizar —dijo él, señalando el desierto.

—¿Ya?

—Llevamos más de una hora volando. Por lo general, el primer vuelo nunca supera los veinte minutos.

—¿Llevamos más de una hora? ¿En serio?

—Exactamente ochenta minutos —puntualizó, mirando el reloj.

—Vaya. Pues a mí me han parecido diez.

Abby no se lo podía creer. Había estado tan concentrada en el vuelo que el tiempo había dejado de existir. Se había dejado llevar y lo había disfrutado.

—Además —añadió él—, estamos cerca de unas ruinas indias que no figuran en ningún mapa turístico. He pensado que podría gustarte verlas, mientras esperamos a que nos recoja el autobús de la agencia.

—Suena interesante.

En realidad, Abby no quería dejar el cielo. Se preguntaba si no podían quedarse allí eternamente, dando vueltas entre las nubes.

—Me voy a poner encima de ti —dijo él, con voz sensual— mientras aterrizamos.

—Vamos allá —susurró ella, imitando el tono sugerente.

Abby se sentía libre. Atrevida.

Diego le puso los brazos a los lados de los hombros, apoyándole el pecho en la espalda y rozándole el trasero con la pelvis. La brisa lo acunaba, y la cremallera de su pantalón golpeaba contra la costura de los vaqueros de Abby.

A ella se le encendió el cuerpo con repentina y dolorosa necesidad. Cerró los ojos, pero fue peor, porque imaginaba que volaban desnudos, mecidos por el aire, mientras hacían el amor.

Un apetecible y sensual vuelo por los cielos de Arizona.

De pronto sacudió la cabeza y abrió los ojos, sintiéndose una especie de pervertida.

Diego bajó las ruedas para aterrizar.

—Si tus piernas tocan el suelo antes que las ruedas, empieza a correr —dijo.

Pero Abby, que no podía librarse del erotismo de la escena que había imaginado, perdió la concentración. Tropezó, y la euforia fue sustituida por el miedo. Presa del pánico, se aferró a la barra de control.

—Quita las manos de ahí —le gritó Diego.

Ella se echó hacia atrás bruscamente y cayó de rodillas. El ala delta la arrastró por la tierra.

—Abby, levántate —le dijo él, estirándose para ayudarla.

Levantó una mano; él bajó la vista para sujetarla y la impulsó hacia arriba. Pero cuando recuperó el control, ya tenían problemas.

—Oh, no —dijo, tratando de frenar.

—¿Qué? ¿Qué pasa? —gritó ella.

En aquel preciso instante, Abby volvió a tropezar, se golpeó el trasero contra algo duro y sintió un dolor punzante en la espalda.

—¡Cactus!

6

Diego trató de alejarse de los cactus, pero no tuvo suerte. Aunque no se había topado con las espinas de las peor especie, Abby había tenido su primer contacto con los inconvenientes de dejarse llevar por la pasión.

Él se desenganchó del equipo y se apresuró a librarla del arnés y el casco.

Ella parpadeó, tratando de aguantar el dolor, pero Diego sabía por experiencia lo mucho que podían doler las espinas de un cactus.

—Lo siento mucho —se disculpó.

—No ha sido culpa tuya —afirmó ella, con valentía—. Yo he sido la que se ha asustado y se ha sujetado a la barra de control después de que me advirtieras que no lo hiciera.

—¿Qué te ha asustado tanto?

—Me ha parecido que íbamos a estrellarnos —confesó—. Tenía la impresión de que algo tan increíble sólo podía terminar en un desastre.

—Estás muy trastornada, ¿sabes? Equiparas el placer con la catástrofe.

—No he dicho que mi temor estuviera fundado. Sólo he dicho lo que sentía.

Él la contempló un largo rato. Sin duda, tenía una concepción muy extraña de la vida. Diego sentía la irresistible necesidad de demostrarle lo equivocada que estaba.

Pero tenía que reconocer que estaba intentando cambiar. Diez años atrás jamás habría considerado la posibilidad de montarse en un ala delta. Su admiración por ella aumentaba a la par que su recelo. Tenía que ser prudente; ella ya lo había herido profundamente, y no iba a darle la oportunidad de que volviera a hacerle daño.

—Tengo un botiquín de primeros auxilios —dijo—. Incluidas unas pinzas. Busquemos un lugar cómodo y a la sombra para que pueda quitarte esas espinas. ¿Puedes andar?

—Sí —afirmó, con una mueca de dolor.

—Las ruinas indias están detrás de esa elevación. Tienen sombra y un arroyo cercano.

—De acuerdo. Vamos.

Sólo tardaron un par de minutos en llegar al lugar, poblado de plátanos y atravesado por un arroyo estrecho. Por suerte, estaban en mayo y los árboles estaban llenos de hojas.

Abby no acostumbraba a andar al aire libre, pero lo estaba resistiendo bastante bien. Diego la tomó de la mano y la llevó al saliente de roca que, varios siglos antes, había servido de morada a los nativos.

Dentro hacía fresco. La parte delantera había desaparecido, pero aún quedaba algo parecido a un techo que los protegería del sol.

Diego se sentó en una roca plana y abrió el botiquín. Sacó las pinzas, alcohol y una pomada antiséptica.

—Ven aquí —dijo.

Abby se acercó, caminando con dificultad. Él le miró la boca y pensó en lo mucho que deseaba besarla.

—Esto será molesto —le advirtió—. Quítate los pantalones para que pueda curarte.

Ella asintió.

—Haz lo que tengas que hacer.

En aquella posición, la cremallera de los vaqueros de Abby quedaba justo a la altura de los ojos de Diego. Cuando él le desabrochó los pantalones, sin querer le rozó el estómago desnudo y sintió que se quemaba; sus reacciones con ella era absolutamente incontrolables. Al bajarle la cremallera se dio cuenta de que le sudaban los dedos, no por el calor, sino por la tensión. Si hubiera estado manipulando dinamita, no habría estado más nervioso.

Con cuidado empezó a bajarle los pantalones, tratando de que la visión de la carne desnuda no lo afectara. Pero era demasiado atractiva, y no pudo hacer nada para evitar que la excitación se tradujera en una erección.

—Ay —susurro ella—Ay. Las espinas han atravesado los vaqueros.

—Date la vuelta.

Aunque Diego no pretendía que su orden tuviera carga erótica, el tono de su voz lo había traicionado.

Ella abrió los ojos desmesuradamente y obedeció, brindándole una maravillosa visión de su trasero. Llevaba unas braguitas blancas de algodón, y la mezcla de inocencia y sensualidad de la prenda lo hizo estremecerse.

Diego trató de hacer caso omiso de su deseo desesperado, y se convenció de que las braguitas le facilitarían el trabajo y, con suerte, no sería necesario que Abby se quitara los pantalones.

—Tengo que apartar la tela.

—De acuerdo.

Diego le puso una mano en la cintura y usó la otra para bajarle los vaqueros hasta las rodillas, con cuidado de no hacerle más daño. Ella le puso una mano en el hombro para mantener el equilibrio, terminó de quitarse los pantalones y los echó a un lado.

A Abby se le entrecortaba la respiración tanto como a él. Diego no se atrevía a mirarla a los ojos. Tenía trabajo que hacer, espinas de cactus que quitar.

—Ponte boca abajo —le dijo.

Cuando ella se apoyó en su regazo, Diego estuvo a punto de tener un orgasmo y tuvo que hacer un esfuerzo sobrehumano para no perder el control.

—Tienes una erección —susurró Abby.

—Lo sé.

—¿Soy responsable?

—¿Ves a alguna otra mujer sensual, atractiva y semidesnuda en mis rodillas?

—No.

—Bien. Ahora que hemos determinado que soy un completo animal, ¿qué te parece si nos concentramos en quitarte esas espinas?

—Haz tu trabajo.

El cuerpo y la mente de Diego se llenaron de sensaciones, emociones y recuerdos. Incapaz de distinguir cada idea, experimentó una combinación de placer, excitación, anticipación y ansiedad. No podía contar la cantidad de noches que había soñado despierto con abrazar a una Abby semidesnuda. Cientos.

Se sentía igual que a los dieciocho años, con las hormonas enloquecidas, la mente sumida en la necesidad de atender a su erección y totalmente absorto en el deseo.

Recordó los besos y los juegos en el porche de la casa del padre de Abby, y el temor de que el juez abriera la puerta y los descubriera.

Pensó en lo mucho que se excitaba entonces, en lo cerca que habían estado de hacer el amor y en cómo los temores de Abby le impedían relajarse.

Diego estaba seguro de que jamás volvería a sentir tanta excitación sexual. Pero se había equivocado.

Allí estaba Abby, recostada sobre su regazo, con el trasero casi desnudo y los senos, apenas cubiertos por aquella diminuta camiseta turquesa, apretados contra sus rodillas.

Ella era todo lo que siempre había deseado e

incluso más. Aunque era delgada, tenía unas curvas preciosas y era extremadamente sensual. Su
perfume era dulce, sutil y femenino. La piel de su
trasero era suave como la de un bebé.

Diego sentía en sus rodillas los latidos del corazón de Abby, tan acelerados como los suyos o
más.

—¿Diego? —murmuró ella.

—¿Sí?

—¿No vas a quitarme las espinas?

—¿Eh? Oh, sí —balbuceó—. Sólo me estaba
asegurando de que puedo verlas todas.

En la luz de la entrada de la cueva, Diego le
examinó el trasero, vio la inflamación que le habían provocado las espinas y se las empezó a ex-
traer.

Abby tenía las costillas apretadas contra el regazo de Diego y podía sentir su erección en el
costado. Para él, la situación parecía de lo más
embarazosa. Ella, en cambio, se sentía orgullosa,
honrada de que la visión de su trasero desnudo
le produjera aquella reacción. Sonrió y, para su
sorpresa, se encontró deseando que Diego le
diera unas palmaditas. Quería oír el sonido, quería experimentar el erotismo del juego.

Cerró los ojos y trató de apartar la imagen de
su mente. Por haber dado rienda suelta a su imaginación había acabado chocando contra un
cactus.

No entendía qué era aquella extraña pasión,
aquella incontrolable necesidad de fantasear con
él. Se estremeció, preguntándose cómo conseguiría sobreponerse a aquella situación.

—¿Te he hecho daño? —preguntó él.

El tono de Diego era amable y preocupado, y a la vez cargado de segundas intenciones.

—No, estoy bien.

—Ya casi he terminado. Ésa era la última. Espera que compruebe que no se me ha escapado ninguna.

Diego le deslizó un dedo por el trasero, buscando más espinas. Aquella caricia inocente desató un infierno interior en Abby. La tensión era cada vez mayor y le hacía recordar cómo se sentía cuando eran dos adolescentes que se robaban besos y caricias en el porche de la casa de su padre.

Pero aquello era diferente. La sensación era más fuerte, más apremiante, más intensa. Diez años atrás, lo que sentía estaba suavizado por los temores de su juventud. Lo que la dominaba en aquellas ruinas indias era pura necesidad animal.

—¿Sientes algún pinchazo? —preguntó él, sin dejar de acariciarla.

—¿Además del que siento en el costado? —bromeó ella, con atrevimiento.

Abby se dio cuenta de que el nuevo corte de pelo le había infundido nuevos ánimos, y le encantaba su nueva actitud. Le encantaba la persona en la que se estaba convirtiendo.

—Perdón...

—No te disculpes.

Se dio la vuelta y se sentó sobre el regazo de Diego, con las piernas separadas y la pelvis apretada contra la erección. Le pasó los brazos alrededor del cuello y, mirándolo a la cara, dijo:

—Bésame, Diego.

Él le devoró la boca apasionadamente, justo como ella quería. Le acarició los senos por encima de la camiseta, sintiendo cómo se endurecían los pezones con su contacto.

Sin previo aviso, la levantó de su regazo y la sentó a un lado. Después, se puso de pie y se quitó la camisa. Tenía el pecho mucho más ancho y musculoso que lo que ella recordaba. Abby estiró los brazos y le deslizó las manos sobre la piel desnuda, sintiendo los fuertes latidos del corazón.

Sus jadeos reverberaban contra las paredes erosionadas de la cueva. Con un suave gruñido, Diego la puso de pie y la atrajo hacia sí. La besó desde el cuello hasta el comienzo de los senos. Siguió recorriéndola con sus besos y al llegar a las braguitas, se puso de rodillas, le rodeó la cintura con un brazo y con la otra mano le bajó lentamente la ropa interior.

Abby se estremeció al verlo, y la esencia de su feminidad afloró entre sus piernas. El olor dulzón de sus propios fluidos la excitó más aún. Se sentía una diosa venerada por el hombre arrodillado ante ella.

—Cariño, eres impresionante.

Diego la ayudó a quitarse las braguitas, y Abby quedó de pie, vestida sólo con la diminuta camiseta y las botas de media caña.

Los aromas y las sensaciones la colmaban de placer. El calor exterior del sol de Arizona y la frescura de la sombra entre los árboles. El olor a arena y a hombre. Abby estaba embriagada por él, por sus labios, su lengua, su erótico juego previo, el sabor del peligro que aceleraba su libido.

—Apoya los hombros en la pared —ordenó Diego.

Ella apenas podía respirar. Él le iba a hacer el amor allí, en medio de unas ruinas en pleno desierto. La iba a tumbar sobre la tierra e iba a entrar en ella.

Era algo primitivo y absolutamente erótico.

—Apóyate en la pared —repitió Diego—. Y separa las piernas.

Ella no pudo resistirse. Apretó la espalda caliente contra la fría roca y separó las piernas, esperando ansiosa.

—Bien —dijo él—. Si necesitas mantener el equilibrio, sujétate a mis hombros, pero quédate así.

—¿Qué pretendes? —preguntó temblorosa.

—¿Tú que crees?

—Nadie me había hecho eso antes.

—¿Ni siquiera Ken?

—¿Bromeas?

Él rió con regocijo y hundió la cabeza entre las piernas de Abby para besarla íntimamente.

Al principio, ella experimentó una mezcla de gratitud y vergüenza. Pronto, la dulce sensación de la lengua de Diego en el clítoris la libró de todos sus pensamientos, potenciando la realidad física de lo que estaba ocurriendo dentro de su alterado cuerpo.

—Ah, Diego —gimió.

—Sí, sí, repítelo.

Abby se estremeció de placer.

—Diego, Diego, Diego.

—¿No te arrepientes de haberme echado hace diez años?

—Fui tonta —reconoció ella, entre jadeos—. Tonta y asustada.

—Ésta es la mejor revancha. Hacer que te olvides de ti misma. Cambiarte. Hacerte mía.

Pero Abby no era suya. Quería corregirlo, asegurarse de que entendía que sólo quería encontrar la pasión, que no pretendía mantener una relación con él. Aquello era una cuestión de sexo, deseo y diversión, no de compromiso. A fin de cuentas, entre ellos no podía haber nada más.

Diego era su guía, simplemente. Su maestro de la pasión. Le había dado la espalda al mundo al que pertenecía Abby, y ella no encajaba en el suyo. Cualquier otra cosa más allá de una relación puramente sexual estaba fuera de lugar.

Antes de que pudiera manifestar su preocupación, la lengua de Diego arrasó sus protestas y su sentido común.

Más tarde se lo diría. De momento, se rendiría al placer. Se sorprendía al descubrir que no le daba vergüenza exponerse tanto a él. Por el contrario, se sentía como una flor besada por el sol.

Disfrutaba de la increíble sensación de, por una vez, no hacer caso a su lado prudente. La falta de control la ponía nerviosa. Parecía que Diego estaba amenazando todo lo que ella quería, y aun así, no podía resistirse a él. No podía apartarlo. No podía pedirle que se detuviera.

Jamás había experimentado sensaciones tan

exquisitas, y no podía dejar de temblar mientras él la acariciaba con la lengua.

Lo tomó del pelo y arqueó la espalda, apretando los hombros contra la roca y elevando las caderas para facilitarle el acceso a sus zonas más íntimas.

Él la estimuló hasta sentir el clítoris tenso y palpitante.

—Eso es, Ángel. Gime para mí.

Ella se apretó contra él, ansiosa por alcanzar el clímax. Diego continuó con su juego de lengua, labios y dientes, y le introdujo dos dedos, llevándola al borde de la locura.

Abby se estremeció y gimió con desesperación. La tensión crecía sin control. Era el paraíso y el infierno. Era exasperante y maravilloso.

—No puedo más. Llévame al orgasmo, Diego. Por favor, no te detengas.

Abby no podía creer lo que había gritado, pero era lo que quería. Con desesperación. Apasionadamente.

Toda su calma y su control estaban hechos añicos, partidos en un millón de fragmentos diminutos.

Él estaba por encima de los mortales. Tenía una fuerza y una mente salvajes; desafiaba las convenciones sociales; tenía sus propias reglas, vivía según sus propias condiciones. Era un renegado, expulsado de su tierra natal, que vivía un magnífico exilio entre los acantilados rojos del desierto de Arizona.

Ella ardía en llamas, estaba encendida, llena de necesidad. Estaba atrapada en el remolino de su magnética energía masculina. Agitada por su corriente poderosa e implacable.

El corazón le latía con tanta fuerza que tenía la impresión de que el pecho le iba estallar. Estaba vigorizada por el deseo y el placer. Sin duda, aquello era pasión. Aquella absurda e impetuosa orgía de los sentidos.

En el último momento, trató de apartarlo, de suplicarle piedad, porque ya no podía soportar un minuto más de aquella dulce tortura. Sentía que si lo dejaba arrastrarla al éxtasis, caería en un abismo sin esperanza de salvación.

El miedo era tan perturbador que la hizo estornudar.

—Esto es demasiado —gimió, entre estornudos—. Por favor, por favor, es... ¡achís!

Diego se apartó y la miró a la cara.

—¿Quieres que pare?

—Sí.

Y entonces, su cuerpo ansioso y palpitante cambió de idea.

—No —rectificó.

En aquel momento, los estornudos cesaron como por arte de magia.

—No pares —suplicó, acercando la cabeza de Diego a su pubis.

Abby estaba tan feliz como aterrada por su desvergonzada actitud. Se sentía atrapada entre dos fuegos. La pasión por un lado, la prudencia por el otro.

La misma encrucijada que siempre había marcado su vida.

Diego se apartó bruscamente.

—No. Esto no está bien —dijo, poniéndose de pie—. Por mucho que desee hacerte el amor ahora mismo, no puedo.

Abby estaba aturdida. No entendía qué decía Diego, por qué ponía fin a su juego sexual.

—¿Por qué no? Te deseo.

—Porque lo estaría haciendo por los motivos equivocados.

—¿Qué motivos?

Antes de que él pudiera contestar, sonó la radio que tenía enganchada al cinturón.

—Vamos, Diego —dijo la voz ronca de una mujer—. Buster y yo hemos encontrado el ala delta, pero ¿dónde estáis?

Agradecido por la oportuna interrupción de Connie, Diego se reprendió mentalmente durante todo el viaje de regreso a Sedona. Estaba perturbado por la forma en que lo dominaba el deseo cada vez que estaba cerca de Abby.

Debía confesar que, al principio, pretendía vengarse por la manera en que Abby lo había tratado años atrás. Pero la sed de revancha se había vuelto en contra suya. Había perdido el control y había caído en su propia trampa al permitir que una simple cura se convirtiera en una escena de sexo.

Se sentó en el asiento trasero del todoterreno, con un mal humor que no había sentido desde que vivía en Silverton Heights. Abby y Connie iban adelante, charlando como si fueran viejas amigas. Buster, el pastor alemán de Connie, estaba sentado entre las dos, y Abby le acariciaba la cabeza.

Mientras la observaba, Diego no pudo evitar desear que lo acariciara a él. Si tenía celos de un perro, no cabía duda de que estaba perdiendo el control.

No había planeado tener sexo oral con Abby en las ruinas indias, y sus incontrolables impulsos le hacían cuestionarse sus objetivos. Le había prometido que la ayudaría a explorar su pasión para poder librarse de las fantasías eróticas que la acosaban y volver a su vida normal, fresca, recuperada y feliz. Pero después de lo que había pasado en las ruinas, Diego temía que desatar la pasión secreta de Abby no fuera suficiente para él.

Quería llenarla de dicha, entusiasmo y placer para que ya no pudiera volver a la acartonada y conservadora vida de Silverton Heights, donde reprimir las emociones y negar los sentimientos era la norma imperante. No sólo quería sacudir su mundo; quería volverlo del revés. Quería que lo viera todo de otra manera.

Sobre todo a él.

Ya no lo complacía ni ser el amante fugaz ni el chico malo de las fantasías eróticas. No le bastaba con disfrutar del cuerpo de Abby. Ya no quería sólo enfadar al juez Archer.

Quería más. Mucho más. Quería tenerla en cuerpo y alma.

La miró por el retrovisor. Aunque Abby estaba sonriendo y charlando alegremente con Connie, había una mueca en su boca, un brillo extraño en sus ojos y una tensión en sus hombros que indicaban que no estaba satisfecha. Había probado la pasión y le había encantado su sabor.

Lo bueno era que aún no la había llevado al orgasmo, porque su ansiedad era una ventaja para él. Podía aprovechar que Abby estaba con la guardia baja para adentrarse en lo profundo de su alma.

Sonrió con malicia mientras se trazaba un nuevo plan de acción. Después de dos semanas con él, Abby sería incapaz de volver a instalarse en Silverton Heights.

Diego sentía que estaba a punto de protagonizar algo épico. La idea lo ponía nervioso; estaba tenso y ansioso por conspirar para que Abby se rebelara contra las convenciones sociales. Las cosas iban a cambiar.

Para ella. Para él. Para siempre.

7

A Abby le seguía doliendo el trasero por las espinas del cactus, pero lo que más la alteraba era el palpitante dolor entre los muslos. Estaba desesperada por el deseo y ansiosa por tener más aventuras con Diego.

Habían quedado en reunirse a las ocho en el Conga Club. Se estaba preparando para la cita cuando llamaron a la puerta. Abrió y se encontró con un mensajero cargado con una enorme caja blanca. Le dio propina, cerró la puerta, llevó la caja a la cama y la abrió con manos temblorosas.

La emoción le golpeó el corazón al ver la minifalda, la chaqueta con cremallera y las botas de caña alta y tacón de aguja, todo de cuero negro.

Se tapó la boca con la mano. Era el regalo más sensual que le habían hecho en su vida.

Dentro había una tarjeta que decía: *Úsame, pero no te pongas sostén*.

Abby sintió cosquillas en el estómago y tuvo miedo. No sabía si podría ponerse aquel atrevido conjunto en público. La preocupaba que alguien pudiera reconocerla y decirle a su padre que la había visto bailando en una discoteca de Sedona vestida de cuero negro.

Aunque no pudo contener un estornudo, se dijo que no iba a dejar que el miedo la dominara. Ya había descubierto que para dejar de estornudar sólo tenía que ceder a la tentación y expresarse.

Se quitó el albornoz y se puso el conjunto. El cuero se adaptó a cada una de sus curvas. La chaqueta tenía un escote mucho más pronunciado que los que solía llevar, y la falda era tan corta que no le convenía agacharse, si no quería que todo el mundo la mirara.

Parecía una motociclista sensual, y se preguntaba si Diego aún tendría la Ducati para que pudieran salir a dar un paseo.

Estaba muy nerviosa, pero decidida a seguir adelante. Aquello era lo que quería. Diversión, aventura y la libertad de ser alguien completamente diferente, aunque sólo fuera durante un par de semanas.

Cassandra y Tess tenían razón. Lo que necesitaba era un tórrido romance con Diego Creed. Aquella mañana en las ruinas había sido una clara prueba de ello.

Por lo tanto, no iba a racionalizar demasiado las cosas. Se dejaría llevar por el instinto y permitiría que la naturaleza siguiera su curso. Y cuando volviera a casa, se pondría su antigua ropa y volvería a su vida normal, despojada del deseo desenfrenado y con el nuevo corte de pelo como único recuerdo.

Estaba segura de que era lo que quería.

En aquel momento llamaron a la puerta por segunda vez. Abby dudaba de que fuera Diego, porque habían quedado en el Conga Club, pero siempre cabía la posibilidad de que hubiera decidido cambiar de planes.

Caminó hacia la puerta, tratando de acostumbrarse a los tacones y lamentándose de que Tess no estuviera allí para enseñarle a usarlos.

Era el mismo mensajero, sólo que está vez le entregó un jarrón con flores y se quedó mirándola boquiabierto, como si estuviera viendo el póster central de una revista para hombres.

Ella le dio otra propina, cerró la puerta y dejó las flores en la cómoda. Era una docena de rosas rojas con un anturio en el centro, una flor roja con forma de corazón y un pistilo amarillo que parecía un pene erecto en miniatura, sobresaliendo orgulloso.

La tarjeta decía: *¿Esto te recuerda a algo?*

Abby tuvo que apretarse la nariz para no estornudar. Sabía que la única forma de luchar contra los estornudos era aceptar sus deseos, no negarlos.

Decidida a superar su debilidad de una vez por todas, Abby acarició el pistilo, y las ganas de estornudar desaparecieron inmediatamente.

Cuando llamaron por tercera vez a la puerta, estaba impaciente por ver qué le había enviado Diego. La estaba seduciendo descaradamente, y ella disfrutando cada minuto del juego. Abrió la puerta, tomó la caja que le llevaba el mensajero y lo dejó sonriendo con sus veinte dólares de propina.

Eran bombones con formas eróticas, y la tarjeta decía: *Cómeme*.

Y ella lo hizo, saboreando el chocolate como si fuese su última comida. Jamás habría imaginado que Diego pudiera ser tan romántico. La hacía sentirse como una princesa de cuento.

Estaba más excitada que en toda su vida. Estaba deseando verlo para demostrarle su gratitud por sus regalos. Corrió escaleras abajo, plenamente consciente de las miradas de los otros huéspedes del balneario cuando pasó por el vestíbulo. El portero le había reservado un coche del hotel, y un chófer la llevó al Conga Club.

Cuando llegó a la discoteca, la sangre le hervía como la lava, el corazón le latía a toda velocidad, y estaba lista para la acción.

Con la adrenalina del romance en las venas y disfrutando de la pasión que le recorría el cuerpo, Abby empujó la puerta del local y se mezcló entre la multitud.

Una vez dentro, vaciló. Muchos hombres la miraban y le hacían comentarios sugerentes. Durante un momento sintió que su valentía flaqueaba, pero entonces vio a Diego, avanzando entre la gente en dirección a ella.

Estaba igual que en sus fantasías de medianoche. Llevaba una chaqueta de cuero que hacía juego con la suya, aunque con la cremallera abierta y sin camiseta, por lo que Abby podía verle el pecho desnudo mientras se acercaba.

Era imponente, casi hipnótico. Los pantalones de cuero le marcaban la cintura estrecha y los muslos musculosos. El pelo, suelto, le caía sensualmente sobre los hombros. Parecía un guerrero indio a la caza, acechando a su presa.

A Abby se le hizo la boca agua. Ni la más atrevida de sus fantasías la excitaba tanto.

Sus miradas se entrelazaron. Él la atravesaba con los ojos. Era como si pudiera verle el alma.

Los dos estaban respirando con agitación, al mismo ritmo. Diego se detuvo frente a ella y, sin decir una palabra, extendió una mano. Abby la tomó y se dejó llevar a la pista de baile. Milagrosamente, la multitud de bailarines se separó a su paso.

Diego la guió hasta el centro de la pista, meneando las caderas. Abby no tenía idea de que fuera tan buen bailarín de salsa. Habían asistido juntos a fiestas de la alta sociedad y los dos sabían lo básico del baile de salón, pero aquellos pasos eran completamente nuevos para ella.

La miró a los ojos y movió la pelvis sensualmente. Abby se entregó a la seducción del baile, imitando los movimientos, moviendo las caderas y los hombros, y tratando de seguir el ritmo con los pies.

Diego no dejaba de mirarla, pero no decía nada. Sus ojos negros eran enigmáticos; su misterioso silencio, erótico. Ella se moría por acariciarle la barbilla, por lamerle el cuello para saborear su piel.

Bailaban sosteniéndose la mirada. Se movían

en una unión perfecta, siguiendo el ritmo de la música con los cuerpos casi pegados.

Los otros bailarines los miraban y se apartaban para dejar espacio a la pareja vestida con ropa de cuero negro. Abby se percató de que debían de crear una visión cautivadora, y eso sólo sirvió para elevar su deseo a la estratosfera.

La pasión entre ellos aumentaba con cada compás. Se tocaban, piel contra piel, cuero contra cuero, piel contra cuero.

Los músicos empezaron a tocar una melodía rápida, ardiente, animada.

Alrededor de ellos, otra parejas giraban y se contoneaban. El aire estaba impregnado del aroma del deseo. Y Abby y Diego estaban en el centro de todo, dejándose arrastrar por el torbellino de pasión que los dominaba.

Cuando terminó la canción, Diego se echó hacia delante y le susurró al oído:

—Ve al baño y quítate las braguitas.

Ella dejó escapar un grito ahogado de asombro, mientras sentía cómo aumentaba la temperatura entre sus piernas.

—¿Qué?

—Ya me has oído.

—Pero llevo una falda muy corta.

—Quítate las braguitas —insistió.

—Pero...

—Es parte del juego. Sólo juego sexual. Respetemos las reglas.

Acto seguido, Diego la besó. Fue un beso apasionado que no dejó lugar a dudas sobre lo que sentía por ella. Después, la soltó bruscamente.

—De acuerdo —asintió, con el sabor de la lengua de Diego en la boca.

Abby entendió lo que le estaba diciendo. Ella no tenía que hacer nada que no quisiera, pero él esperaba que se dejara llevar y le diera una oportunidad al juego que proponía.

Además, quería hacerlo para ver adónde llevaba; para descubrir qué era exactamente lo que planeaba Diego.

Corrió al cuarto de baño, temblando de ansiedad. Cerró la puerta, se quitó las braguitas y se las guardó en el bolso.

Antes de salir se miró en el espejo y literalmente no reconoció a la mujer que veía reflejada. Los ojos parecían mucho más grandes por el maquillaje, y tenía el pelo corto y peinado con desenfado, las mejillas coloradas, la ropa de cuero ceñida al cuerpo, y los labios hinchados y enrojecidos por el beso de Diego.

Era la imagen de una diosa del sexo, de una mujer ardiente.

Eran descripciones que jamás habría utilizado para referirse a sí misma. Imaginó que así debía de ser sentirse Cassandra.

Al pensarlo estuvo a punto de estornudar, pero de pronto comprendió que era una sensación gloriosa. Se sentía liberada, vibrante y extraordinariamente viva.

La mujer del espejo era una fiera audaz, una criatura apasionada y perversa. Era la clase de mujer a la que los hombres le regalaban conjuntos de cuero, flores con formas sexuales y bombones pecaminosos.

Una mujer tan segura de sí misma que no llevaba ropa interior.

Aquella noche no era la Abby Archer puritana, preocupada por lo que podían decir los vecinos. Aquella noche era una ninfa atrevida y sensual ansiosa por disfrutar de los placeres de la vida.

Determinada, Abby salió del cuarto de baño.

Diego la abrazó por detrás, la tomó de la cintura y murmuró con voz ronca:

—No te atrevas a emitir ningún sonido.

Acto seguido, la arrastró a un compartimento oscuro, separado de la zona de la pista de baile por una delgada cortina de terciopelo negro.

Mientras sentía cómo se le enganchaban los tacones en la moqueta, Abby se estremeció. En aquella situación había algo primitivo y prohibido que le resultaba muy excitante.

Diego se quitó el cinturón, se lo puso a Abby alrededor de la cintura y la atrajo hacia sí para besarla apasionadamente.

Cassandra solía decir que los hombres que sabían besar sabían hacer el amor. A Abby se le aceleró el corazón. Si la teoría de su madre era cierta, estaba ante un amante prodigioso.

Lentamente, Diego le deslizó la correa de cuero por la curva de la espalda hasta la parte superior de los muslos. Colocó el cinturón debajo de la minifalda y tiró hacia arriba para ponerlo sobre las nalgas desnudas de Abby. Después le separó las piernas con una rodilla.

Ella estaba tan embriagada por el deseo que creyó que se iba a desmayar.

Él cerró la hebilla detrás de su rodilla, y el cinturón se convirtió en el lazo que unía sus cuerpos. Diego tenía la rodilla flexionada entre los muslos de Abby, y ella estaba sentada sobre su pierna, como montada a caballo.

—¿Qué haces? —susurró.

—Preparo el escenario para nuestro baile privado.

Se movieron al compás de la música. Diego le rozaba el pubis desnudo con el cuero de los pantalones, y Abby lo cabalgaba suavemente.

—Eso es, Ángel —murmuró él—. Quiero sentirte en cada centímetro de mi cuerpo.

Ella gimió y se le endurecieron los pezones debajo de la chaqueta. La sensación era increíble. En aquel momento comprendió por qué le había dicho que no se pusiera sostén.

Diego le acarició la cabeza, la tomó de la nuca y le recorrió el cuello con la lengua. Sólo entonces Abby se dio cuenta de que se había puesto unos guantes de cuero mientras ella estaba en el cuarto de baño.

La situación era totalmente erótica y algo aterradora. De no haber confiado en él, Abby se habría preocupado. Pero en cambio, se estremeció y relajó los músculos de los muslos alrededor de la pierna de Diego.

Lo único que los separaba del resto de la discoteca era una fina cortina negra. En cualquier momento, alguien podía apartarla y descubrirlos.

La tensión de Abby aumentó cuando él le pasó un pulgar por los labios y pudo oler el sensual aroma del cuero. Arqueó la espalda y, entre gemidos, siguió frotándose contra la pierna de Diego.

Una ráfaga de aire movió la cortina, y durante un segundo, ella temió que los descubrieran.

Sin decir una palabra, él abrió la hebilla y dejó caer el cinturón. Después la tomó de la cintura, le dio la vuelta y le apoyó la pelvis en las nalgas. Se echó hacia delante para poder hablarle al oído, apretándole el pecho contra la espalda.

—¿Esto es lo que quieres, Ángel? ¿Ésta es la clase de aventura sexual que buscas?

—Sí —gimió ella—. Sí.

—Separa más las piernas.

Ella lo hizo, tratando de mantener el equilibrio mientras él le levantaba la falda. Diego le rodeó la cintura con un brazo, le acarició las nalgas con el guante de cuero y le dio una palmadita. Ella jadeó complacida.

—¿Te gusta? —preguntó él.

—Sí, sí.

Diego la palmeó una vez más. Abby estaba cada vez más excitada y ansiosa por sentirlo dentro.

—Tienes un trasero muy bonito —afirmó él.

Había tanta fascinación, tanta devoción en el tono de su voz que a Abby se le paró el corazón.

Esperaba que Diego no soñara con algo más que sexo y aventura. Aquel paso por Sedona sólo sería un interludio. Abby se relajaría, disfrutaría de jugar con lo prohibido, y después volvería a su vida convertida en una persona mejor por haberse librado de las ridículas fantasías que la acosaban.

Lo último que quería era volver a herir a Diego. Pero él era un amante demasiado bueno, demasiado generoso como para perderse la oportunidad de disfrutarlo.

Lentamente, él le introdujo el dedo corazón, y con el meñique empezó a acariciarle el clítoris.

La sensación del cuero rozando el centro de su ser era exquisita. Abby estaba tan embriagada de placer que sentía que la habitación giraba a su alrededor. Apoyó las manos en la pared para no perder el equilibrio.

Él siguió acariciándola íntimamente. Su concentración era de una increíble belleza; la forma en que le hacía el amor era mágica, eléctrica. Ella se sentía querida, especial.

Y aquello la perturbaba casi tanto como la complacía. Cada roce del cuero la acercaba más al borde de la locura. Los dedos de Diego la manipulaban, la controlaban.

El hecho de que, en cualquier momento, alguien pudiera apartar la cortinas y verlos en aquella situación comprometida demostraba que el deseo la había vuelto loca.

Abby podía sentir la erección de Diego contra las nalgas. Saber lo mucho que la deseaba le hacía desearlo más.

Él le estaba haciendo el amor con las manos, llevándola a lugares en los que nunca había estado, dándole nuevos sueños, nuevas alas.

El placer le encendía las terminaciones nerviosas; el deseo la cegaba. Estaba perdida, rendida, avanzando a tientas hacia el delirio.

Pero él la guiaba; sus dedos prometían un disfrute único y desconocido para ella.

Abby estaba inmersa en una marea de sensaciones. El cuero, el terciopelo, el aire fresco sobre la piel caliente. Bajó la cabeza y gimió, loca de deseo y necesidad.

—Sí —le susurró él al oído—. Ríndete al placer. Entrégate. La pasión es tuya. No la niegues.

Diego siguió acariciándole el clítoris para arrastrarla al éxtasis. Abby se sintió suspendida en el tiempo, atrapada por la intensidad del momento. Le costaba pensar. Los pensamientos surgían de uno en uno, como granos de arena que cayeran por el estrecho cuello de un reloj.

Él. Ella. La música. El sexo.

Ni siquiera podía elaborar frases, sólo conceptos.

Calor. Piel. Labios.

Vida. Pasión. Latidos.

Diego. Diego. Diego.

No tenía escapatoria; estaba atrapada en el placer. Era prisionera de la pasión. Esclava de sus propios deseos.

No pudo resistir más a la tensión y estalló en el orgasmo más impresionante de su vida. La música de la discoteca entró en un punto culminante al mismo tiempo que ella, ahogando sus alaridos de placer.

Trompetas, tambores, guitarras, y Abby gimiendo el nombre de Diego y desplomándose en sus brazos.

8

Tenso por la testosterona reprimida, Diego sostuvo a Abby con un brazo mientras le ponía la falda en su sitio para cubrirle las nalgas desnudas.

La había dejado agotada, vencida por la intensidad del placer.

Se preguntaba si lo que sentía en la boca era el sabor de la venganza. Había corrompido a la hija del juez Archer. Y también se había vengado de Abby, utilizando su sexualidad en contra de ella.

El sabor de la revancha era dulce como el licor, pero tenía un regusto amargo. De repente, Diego sintió que había mordido una fruta envenenada.

Aquello no estaba bien. No debería haber empezado aquel perverso juego de seducción.

Sin embargo, ya no podía retroceder. Estaba atrapado. Se había vuelto adicto a Abby.

Ya no era una cuestión de venganza. Tampoco se trataba de ayudarla a descubrir su pasión. De hecho, ella estaba demostrando que aprendía deprisa y, sin querer, había vuelto las tornas, y él era el que estaba perdiendo.

La respiración entrecortada de Abby lo devolvió a la realidad. Y cuando lo miró a los ojos, Diego dejó de sentirse culpable. No le había hecho daño, sino todo lo contrario. Ella estaba hambrienta y ansiosa por recibir nuevas lecciones.

En aquel momento se dio cuenta de que Abby era quien lo estaba salvando, y no él a ella.

Estaba equivocado al creer que por empujarla a la aventura iba a descubrir a la mujer apasionada que siempre había acechado bajo la fría superficie. Bien al contrario, ella lo estaba sosegando, reconciliándolo con el mundo.

Diego tragó saliva y apretó los dientes. Se preguntaba cómo había podido pasar, por qué de pronto tenía la necesidad de limar las asperezas con la gente de Silverton Heights, para poder volver y reclamar su derecho a estar con ella.

La miró con detenimiento, tratando de averiguar cómo había provocado aquel cambio en él.

Repentinamente avergonzada, Abby apartó la vista, incapaz de sostenerle la mirada. Diego notó su frustración en la forma en que agachaba la cabeza y al oírla estornudar se le estremeció el corazón.

Sacó un pañuelo de papel de su bolsillo y se lo dio. Había comprado un paquete aquella mañana, sabiendo que empujarla a hacer cosas nuevas podía hacerla estornudar.

Sin embargo, no iba a dejar de empujarla. Era lo que ella necesitaba. Lo que los dos necesitaban para dejar atrás el pasado y abrirse paso a un nuevo futuro.

De lo que no estaba seguro era de qué les deparaba aquel futuro. Abby había dejado claro que para ella sólo era una aventura, una forma de estirar las alas y aclarar su mente.

Pero para él no era suficiente. Quería más. Lo quería todo.

En aquel momento supo lo que debía hacer. Si quería ganarse el corazón de Abby, tendría que apartarla definitivamente de Silverton Heights. En cuanto ella aceptara dejar Phoenix y mudarse a Sedona por él, él aceptaría irse de Sedona por ella.

Y la única forma de alejarla del dominio de su padre era llevarla al límite de la pasión.

—Yo... yo... —balbuceó ella, con el pañuelo en la nariz.

—Shhh —murmuró Diego, besándole la mejilla.

La emoción de lo que tenía planeado lo exaltaba. Se quitó los guantes, que olían a ella, y se los metió en el bolsillo del pantalón. Necesitaba tenerlos cerca, sentirlos. Nunca olvidaría lo que había pasado detrás de la cortina de terciopelo negro en el rincón secreto del Conga Club.

Abby lo estaba mirando de reojo y era obvio que estaba tratando de encontrar una forma de dar un giro a la aventura sexual para perder el miedo definitivamente. Él entendía su conflicto. Quería lo que él podía ofrecerle, pero temía lo que pudiera pasar después.

Diego comprendió que tendría que demostrarle que el riesgo valía la pena. No iba a dejar que volviera a dudar. Había llegado el momento de pasar a la acción.

—No está permitido arrepentirse —dijo.

Acto seguido, Diego la tomó de la mano, apartó la cortina y la llevó de regreso a la parte principal de la discoteca. El lugar era muy divertido y la música muy sensual, pero en aquel momento le apetecía estar con ella en un lugar más privado.

—Mira —dijo Abby—. Son Tess y Jackson.

Su amiga y el especialista que doblaba a Colin Cruz estaban sentados a la barra bebiendo un brebaje de aspecto extraño.

—Vamos a saludarlos —sugirió él.

Cuando Jackson los vio levantó la mano para llamarlos.

—¡Venid! Estamos tomando unas copas. Sentaos a tomar algo con nosotros.

—No puedo —se disculpó Diego—. Tengo que conducir.

—¿Y tú, Abby? ¿Quieres probar nuestro licor? Tess está tratando de emborracharme, pero no me dejo.

—Eso no es cierto —protestó Tess.

Abby los miró detenidamente. Había una extraña tensión entre ellos. La química sexual era indudable, pero parecía que acababan de discutir o estaban a punto de hacerlo.

—Prefiero el vino —declaró Abby.

—Es aguardiente de canela —dijo Tess para convencerla—. Sé que te encanta la canela. Vamos, prueba algo distinto. Como Jackson no quiere acostarse conmigo, necesito un compañero de copas.

Abby miró a Diego para ver si aprobaba que tomara licor.

—Déjate llevar —la desafió.

Jackson le dio una copa, y ella la levantó y miró con recelo la bebida espesa.

—Parece que tiene polvo de oro o algo así.

—Oro de veinticuatro quilates —dijo el australiano, sonriéndole a Tess—. Para mi chica, sólo lo mejor.

Abby frunció la nariz.

—¿Oro de verdad? ¿Y seguro que esto se puede beber?

—Más que ninguna otra bebida —bromeó Jackson—. En mi país lo llaman «sexo líquido».

—¿Sexo líquido? ¿Por qué?

—Pruébalo y verás.

Ella olió el licor. Tenía un fuerte aroma a canela. Desde luego, necesitaba algo que la relajara. Tal vez aquel extraño brebaje fuera el billete de regreso a la sensación de libertad que había experimentado con Diego en el fondo del local.

Bebió un trago. Era muy dulce y sabía como sus caramelos de canela favoritos.

—Hasta el fondo —dijo Diego.

—¿Quieres emborracharme? —replicó ella, mirándolo a los ojos—. Se supone que es excitante. ¿Estás seguro de que podrás con eso?

Él se acercó un poco más.

—Ángel —susurró—. Si te excitas más, voy a necesitar un transplante de corazón para seguirte el ritmo.

A ella se le aceleró el corazón. Jamás se había considerado particularmente atractiva. De hecho, siempre había pensado lo contrario. Pero Diego la miraba como si fuera la diosa más sensual que había caminado por la faz de la Tierra.

Animada por el brillo de admiración de los ojos de Diego, Abby se tomó el resto del licor, esperando que le diera el valor que le faltaba para pedir lo que necesitaba.

Enseguida experimentó una agradable sensación en el pecho. Beber aquello era como ponerse un par de calcetines calientes en una mañana de invierno. Era delicioso.

La sensación acogedora fue seguida por otra mucho más intensa, que le encendió el cuerpo y la cargó de deseo. Abby se humedeció los labios y contempló a Diego, que estaba hablando con Jackson y no se daba cuenta de que ella lo miraba como si fuera un filete jugoso. Tenía la desesperada necesidad de tumbarlo y lamerle el cuerpo de pies a cabeza.

Decidió que Diego era el hombre más apetecible del lugar. De hecho, estaba ansiosa por salir de allí para poder ir a un lugar más íntimo a terminar lo que habían empezado. Había tenido un orgasmo maravilloso y quería más.

—¿Qué hacéis esta noche? —le preguntó Diego a Jackson.

—Tess y yo sólo estamos tomando copas, pasando el rato hasta que el paparazzi se rinda y se vaya.

—¿Paparazzi? —preguntó Abby.

—Sí. El tipo de Cathedral Rock estaba en la

puerta de la discoteca cuando llegamos. Tess se ha asomado hace unos minutos, y sigue en el aparcamiento, sentado en un coche blanco clásico.

—Vamos a bailar, cariño —dijo Tess—. El licor me ha hecho efecto, y quiero enseñarte lo bien que muevo las caderas.

Jackson echó un vistazo a las caderas en cuestión.

—Ya te he visto moverlas, guapa.

—Si no bailas conmigo, tendré que buscarme a otro que lo haga.

—¡Eso nunca! —contestó él, divertido.

Jackson y Tess se marcharon a la pista de baile. Abby los observó unos minutos. Bailaban pegados, mirándose a los ojos totalmente compenetrados, pero parecía que Tess quería una noche más apasionada que la que Jackson estaba dispuesto a darle.

Diego se volvió hacia ella.

—¿Nos vamos?

—Creía que nunca lo propondrías.

—Está cada día más atrevida, señorita Archer.

—Gracias a ti.

Diego la miraba de una manera que la calentaba mucho más que el licor de canela.

—Tengo la moto fuera —dijo él—. ¿Aún te da miedo la Ducati?

Una semana antes, Abby habría estado aterrada, pero aquella noche, fortalecida por los efectos del orgasmo y por el calor del sexo líquido, estaba lista para afrontar cualquier cosa. Si por la mañana había volado con ala delta, un paseo en motocicleta tenía que ser pan comido.

—En absoluto —afirmó, antes de tener tiempo para cambiar de idea.

Él la abrazó por la cintura y salieron de la discoteca. Caminaron por el aparcamiento y pasaron por delante del coche blanco.

—Mira —dijo ella—. El paparazzi de Jackson.

El hombre se sobresaltó al verlos y apartó la vista rápidamente. Abby pensó que tenía una actitud extraña, pero estaba tan relajada que no lo mencionó. Cuando llegaron a la Ducati, Diego tomó el casco y se lo puso a ella. Era demasiado grande y le tapaba los ojos.

—Estás preciosa —bromeó.

—Maldita sea. Quería parecer una chica dura.

—Pues con ese conjunto de cuero, ya lo pareces.

Diego hizo una mueca que la hizo reír.

—Pero si uso tu casco, ¿qué te pondrás tú?

—Iré con el pelo al viento —dijo él, siguiendo con el tono bromista.

—¿Y si tenemos un accidente? No me gustaría que le pasara algo a tu preciosa cabeza.

—Deja de preocuparte.

Diego se subió a la moto y estiró una mano para ayudarla a sentarse detrás de él. Sólo después de separar las piernas y de abrazarlo por la cintura, Abby se dio cuenta de que tenía las braguitas en el bolso.

Había que reconocer que tenía mérito. Cuando se atrevía, lo hacía a lo grande. Igual que Cassandra.

Aquella idea enturbió el brillo del licor. Se dijo que ella no era como Cassandra. Estaba pasando un buen rato, explorando su sexualidad, abriendo su corazón a la pasión, pero no iba a permitir que le dominara la vida.

El único propósito de la aventura con Diego era demostrar que podía tener un romance pasajero y después volver a su vida de siempre.

Diego puso la moto en marcha y salieron del aparcamiento. Las calles apenas estaban iluminadas. Sedona no tenía alumbrado público, y la luna estaba envuelta en inquietantes nubes negras. Era emocionante avanzar por la oscuridad, sabiendo que en la siguiente esquina podía surgir algo peligroso de entre las sombras. Abby se aferró con fuerza a la cintura de Diego y se dejó llevar por la sensación.

Se sentía libre. Nunca había viajado en moto y no tenía idea de que fuera tan excitante. Se había perdido muchas cosas por reprimir sus emociones. Se preguntaba cómo había podido soportar tanto tiempo negando sus propias necesidades, haciendo lo que todos esperaban de ella, sin cuestionar jamás el orden preestablecido.

Ya estaba crecida para la rebeldía adolescente, pero era lo que estaba haciendo. Y lo mejor del caso era que disfrutaba con cada minuto de su nuevo sentido de la aventura.

Dejaron la carretera principal y doblaron por una calle lateral. Abby se dio cuenta de que no tenía idea de adónde iban.

Detrás de ellos aparecieron unos faros que los seguían demasiado cerca. El resplandor era muy molesto.

—Voy a tratar de apartarme de ese tipo —

gritó él, por encima del ruido del motor—. Agárrate fuerte.

Acto seguido, Diego aceleró.

El aumento de velocidad la preocupó. Abby se aferró a él y trató de no pensar que podían sufrir un accidente. El coche que iba tras ellos también aceleró, y ella empezó a tener miedo.

—Pero ¿qué le pasa a ese imbécil? —exclamó Diego—. Voy a hacer un giro brusco.

Abby no podía ver por dónde iban, y esperaba que él pudiera. Cuando la moto viró a la derecha, parecía que iban directos hacia el acantilado.

Pero, por suerte, había una carretera estrecha en la que sólo cabía un vehículo. Lo malo fue que el coche también giró. Aquello ya no parecía una mera coincidencia.

Diego aceleró a fondo y zigzagueó por la ruta. Abby estaba inquieta y se abrazó a él desesperadamente. El otro conductor estaba casi encima de ellos.

—Creo está tratando de adelantarnos —gritó.

—O de echarnos de la carretera —replicó Diego.

—¿Pero por qué?

—Estará borracho o loco, quién sabe.

—Por favor, trata de ir más despacio —suplicó ella.

Abby tenía una mezcla de sensaciones contradictorias. Estaba eufórica por la carga de adrenalina, y a la vez aterrada por la posibilidad de que tuvieran un accidente y ella saliera disparada por los aires, o Diego acabara con el cráneo partido contra el asfalto.

Hasta podía imaginar a la prensa rosa hablando sobre el aparatoso accidente de moto de la hija del gobernador y mencionando que no llevaba ropa interior.

Su padre la mataría.

—Para, por favor —insistió.

El miedo a la humillación era mayor que la sed de aventura. Diego vaciló, y durante un momento ella pensó que él quería provocar un escándalo y que por ello le había hecho quitarse las braguitas y la había masturbado en la discoteca.

Pero no tardó en darse cuenta de lo ridículo que sonaba y le hundió los dedos en las costillas para que supiera lo asustada que estaba.

Cuando finalmente él disminuyó la velocidad, ya era demasiado tarde. Ninguno de los dos llegó a ver a tiempo la enorme roca que se erguía en medio de la carretera.

La rueda delantera chocó contra la piedra. Diego trató de mantener el control, pero no pudo, y la moto volcó, arrojándolos a la tierra. Abby se golpeó el trasero al caer, y oyó cómo se le partía un tacón. Su brazo derecho fue a dar contra una piedra y sintió un dolor punzante en el codo. Por suerte, los efectos del licor aliviaban el dolor.

Diego maldijo con toda su alma. El coche estuvo a punto de atropellarlos. Abby volvió la cabeza para ver qué desquiciado los había estado persiguiendo. Era el coche blanco del Conga Club.

Diego estaba de pie, gritando nervioso.

—¿Abby? ¿Abby, estás bien?

—Tranquilo. Estoy bien.

Él corrió a ayudarla a levantarse. Cuando Abby notó que respiraba con tanta agitación como ella se dio cuenta de que, lo reconociera o no, también se había asustado mucho.

—Era el imbécil del paparazzi de Jackson —dijo ella, tratando de recuperar el aliento.

—Es evidente que no lo está siguiendo a él.

—¿Es a nosotros a quienes ha estado siguiendo? Pero ¿por qué?

—No a nosotros, Ángel. A ti.

—¿A mí? ¿Por qué querría seguirme alguien?

—Tu padre se presenta al cargo de gobernador. Eres una chica buena de la alta sociedad, y yo una oveja negra. El escándalo perfecto.

—¿Y por qué trataba de echarnos de la carretera?

—Tal vez no fuera eso lo que pretendía. Tal vez no quería que nos alejáramos, porque no podía ver en la oscuridad, y se ha asustado por el accidente y ha huido. Los paparazzis son conocidos por su descaro, no por su cerebro.

—Eso en el supuesto caso de que sea un paparazzi.

—¿Y qué otra cosa podría ser?

—Puede que lo haya contratado mi padre para asustarme y alejarme de ti.

Diego se quedó mirándola. Sabía que el juez Archer era capaz de hacer cualquier cosa por proteger a su única hija, pero aquello era algo muy vil.

—¿Tú crees?

—Tiene miedo de que haga algo que pueda dañar su credibilidad. Como lo hizo Cassandra. Cuando lo dejó por aquel escultor de basura al que doblaba en edad, hubo mucho revuelo en Silverton Heights. Mi padre aún trabajaba en el sector privado y perdió a varios clientes muy importantes.

—Ésas son las cosas que odio de Silverton Heights. La hipocresía es espantosamente cruel.

—Tienes razón —afirmó ella, sorprendiéndolo con su concesión—. Y ahora empiezo a ver las cosas desde tu punto de vista. Eras el chivo expiatorio del lugar, y yo elegí quedarme con la masa en lugar de creer en ti. Lo siento, Diego. De verdad.

Su disculpa era muy importante para reparar la vieja herida. Él se encogió de hombros con aire despreocupado, como si nunca lo hubiera afectado, pero otra vez se sentía culpable por las sucias motivaciones que lo habían llevado a seducirla.

—No te preocupes por eso —dijo—. Pasó hace mucho tiempo.

—Sí, y te debía esta disculpa desde entonces.

—No tienes por qué disculparte.

Diego le quiso acariciar el brazo y, sin querer, le tocó el codo.

—¡Ay!

Abby se apartó, y él vio que tenía la mano llena de sangre.

—Estás herida —exclamó, con el corazón en un puño.

—Sólo me he raspado el codo —puntualizó

ella, sin mirarlo a los ojos—. Y se me ha roto un tacón.

Abby sonaba tan desamparada que él se moría por abrazarla. Pero ella se mantuvo alejada, como si quisiera mantener las distancias, y Diego decidió concentrarse en averiguar en qué estado había quedado la Ducati.

La moto estaba bien. La enderezó, se subió y se volvió para mirar a Abby.

—¿Subes?

Ella se acercó cojeando, y él la ayudó a sentarse.

—Vivo después de la próxima cuesta —dijo Diego—. Podría llevarte a mi casa para curarte esas heridas.

Él sabía que tenerla en su casa sería una tentación, pero alguien tenía que curarle el codo, y aún no quería llevarla de vuelta al hotel.

—Esta situación se está volviendo recurrente. Yo me hago daño en nuestras aventuras y tú me curas.

—Es lo que pasa con las aventuras, Ángel. En ocasiones alguien resulta herido.

Ella sonrió, y él sintió una profunda ternura.

—Por lo menos te tengo a ti para que me alivies las penas...

Cuando llegaron a la casa, Diego dejó la moto en el garaje y la ayudó a entrar en la casa.

Ella echó un vistazo a su alrededor. De repente, él vio el lugar desde el punto de vista de Abby. Era absolutamente masculino; estaba decorado de manera tosca y sin grandes detalles, aunque muy limpio y ordenado.

Diego podía dejar las herramientas de trabajo en la mesa o quitarse las botas junto a la puerta, pero se aseguraba de lavar los platos y barrer el suelo. También hacía la cama todas las mañanas y mantenía la bañera impecable, por si recibía visitas femeninas.

Después de la muerte de su madre se había ocupado de cocinar y limpiar hasta que su padre se había casado con Meredith, y ella había contratado a una asistenta.

Vio que Abby estaba observando el tablero donde pinchaba mensajes, notas y su plan de trabajo. También tenía la foto que se había sacado con el grupo de seis adolescentes que había llevado a escalar el verano anterior como parte del trabajo que hacía para la organización benéfica con la que colaboraba.

Además, tenía colgado el reportaje que había escrito sobre él su amigo Eric Provost en la revista *Arizona* el invierno anterior. Eric era otro desilusionado ex alumno de la escuela del juez Archer.

De hecho, se habían conocido en la cárcel. Diego estaba preso por haber destrozado el almacén de su madrastra; Eric, por haber robado cintas para medir el nivel de azúcar en sangre para su abuela diabética, que no tenía dinero para medicamentos.

En el artículo, Eric había mencionado la breve estancia de Diego en la cárcel y había comentado la injusticia que había cometido el juez Archer contra él, y después explicaba cómo se había rehabilitado y estaba ayudando a jóvenes que atravesaban una situación igualmente adversa.

—Siéntate —dijo él—. Voy a buscar algo para curarte el brazo.

Lo ponía nervioso que Abby examinara sus cosas. No tenía nada que ocultar, pero lo incomodaba dejar que supiera tanto sobre él. Quería que confiara en él, pero aún no estaba listo para confiar en ella.

Aún no.

—Hay refrescos y cerveza en la nevera —le gritó desde el cuarto de baño.

Cuando Diego regresó se quedó boquiabierto y dejó caer el frasco de desinfectante al suelo.

Abby estaba de pie en medio de la cocina, completamente desnuda.

—¿Qué...? —balbuceó, con voz ronca.

—No me importa mi estúpido codo. Quiero que me hagas el amor. Ahora mismo.

Aquél era un giro brusco de los acontecimientos. Diego quería hacerle el amor más que nada en el mundo, pero también quería decidir cuándo y dónde ocurriría.

Le recorrió el cuerpo con la mirada. Los senos, el trasero, las piernas. Era maravillosa. Se moría por devorarla, y tuvo que cerrar los ojos para no ceder a la tentación. Tragó saliva.

—Abby, por favor, vuelve a vestirte.

—¿No me deseas?

Él abrió un ojo. Ella lo estaba mirando con expresión inocente y dolida.

—Ángel, te deseo tanto que duele. Pero te has hecho daño, el licor te ha afectado, y tengo planeada otra aventura matinal. Además, creo que haces esto por el motivo equivocado.

—¿Arder en deseo por tu cuerpo es el motivo equivocado? —preguntó, acercándose sensualmente—. Quiero sentirte dentro, Diego. Te quiero ahora.

—No, lo que quieres es vengarte de tu padre por haber enviado a un tipo para que te espiara.

Diego tuvo que apretar los puños para contener la necesidad de llevarla a su dormitorio. Por la mueca de dolor de Abby comprendió que había dado en el clavo. Pero ella estaba muy bien entrenada para ocultar sus emociones, y relajó las facciones rápidamente.

Diego necesitaba que se vistiera, y no con el provocativo conjunto de cuero, porque no sabía cuánto más podría resistir sin hacerle el amor.

Corrió a su dormitorio, revolvió los cajones y encontró una camiseta y los pantalones de un chándal.

—Toma —dijo, volviendo a la cocina para darle la ropa—. Ponte esto, y después nos ocuparemos de tu codo.

Ella se puso la camiseta y los pantalones. Le quedaban tan grandes que parecía una niña jugando con la ropa de su padre.

Él le indicó que se sentara en una silla, le limpió las heridas y le puso una venda.

—Gracias —dijo Abby.

Diego exhaló y sólo entonces se dio cuenta de que había estado conteniendo la respiración mientras la curaba.

—Ya es más de medianoche. Es hora de que vuelvas al balneario.

—¿No puedo quedarme aquí? —preguntó ella—. No quiero estar sola. Además, puede que Tess haya llevado a Jackson a la habitación.

—Me ha parecido que estaban enfadados. Estoy seguro de que aún no han tenido relaciones sexuales.

—Razón de más para que me quede aquí. Si Jackson no está con ella, Tess estará de pésimo humor. Le gusta conseguir lo que quiere cuando quiere.

—Tengo un solo dormitorio, y el sofá es muy incómodo.

—Podríamos compartir tu cama —sugirió ella—. Te prometo que no habrá juegos de manos. Recuerdo tu regla de no hacer el amor en la cama.

Tal vez, Abby era capaz de mantener sus promesas y recordar las reglas; era Diego el que no estaba seguro de ser capaz.

9

Dormir cerca de Diego era mucho más difícil de lo que Abby había imaginado. Compartir una cama era algo demasiado íntimo. Sobre todo cuando no iban a hacer el amor, y el hombre que tenía acurrucado a su lado era el protagonista de sus fantasías eróticas.

Abby cerró los ojos, pero no podía evitar oírlo respirar. Sin querer, sincronizó su ritmo con el de Diego. Respiraban juntos, como si fuesen uno.

Abby abrió los ojos y se dijo que debía dejar de pensar aquellas cosas. El trato que había hecho con él no incluía un romance; sólo sexo.

No podía dormir. Sentía el cuerpo separado de la cabeza. Tenía las piernas apresadas bajo las mantas, mientras la mente flotaba libre, llenándose de ideas peligrosas.

Para distraerse, pensó en el hombre del coche blanco. No estaba segura de que su padre lo hubiera contratado para espiarla y mantenerlo al tanto de lo que hacía. Pero sabía que era posible, porque ya lo había hecho. Cuando ella estaba en la universidad, el juez había pagado para que la vigilaran porque temía que estuviera saliendo con alguien que él no aprobaba. También había contratado detectives privados para controlar a Cassandra cada vez que cambiaba de trabajo o de pareja, antes de permitir que Abby la visitara.

Los detectives nunca habían descubierto nada, salvo que Cassandra vivía su vida con libertad, haciendo caso omiso de los comentarios de los demás. Abby la consideraba una hedonista, descontrolada e irresponsable. Pero era porque sencillamente había hecho suya la opinión de su padre. Por fin empezaba a valorar a su madre. Cassandra era romántica, apasionada y divertida, y le importaban cosas que la mayoría de la gente de Silverton Heights desestimaba. Lo cual no la hacía mala, sino diferente.

Abby se dio cuenta de que ella también quería ser distinta. Había comenzado a cambiar desde que le había pedido a Diego que le ensañara a encontrar la pasión en su corazón.

Le encantaban sus enseñanzas y no estaba dispuesta a detenerse por miedo a que se desatara un escándalo. Ya no le importaba que se escribieran chismes sobre ella, ni que su padre descubriera que era la hija de Cassandra. Haría temblar el corazón de Silverton Heights. No sabía qué nueva sorpresa tenía Diego para ella, pero estaba decidida a entregarse entera.

Diego era un hombre maravilloso que le estaba infundiendo nueva vida en el cuerpo y que había despertado su alma del profundo sueño en que había estado sumida desde siempre.

Había llegado el momento de recompensarlo.

Diego la despertó antes del amanecer, con un beso en la mejilla y una taza de chocolate caliente. Ella se despertó lentamente, bostezando y desperezándose tan sensualmente que él tuvo que esforzarse para no ceder a la tentación de meterse en la cama con ella.

El día prometía magia. Diego estaba tensando los frenos, decidido a mostrarle el verdadero significado de la entrega y la pasión.

La llevó al balneario para que pudiera ducharse y cambiarse de ropa. Abby volvió al todoterreno veinte minutos después, con unos pantalones cortos diminutos y una camiseta corta que apenas le cubría los senos.

Impresionado, Diego se entretuvo pensando qué se proponía exactamente. Era lo único que podía hacer para mantener los ojos en la carretera mientras conducía adonde lo esperaban sus ayudantes, listos para inflar el globo aerostático.

Llegaron al lugar justo cuando el sol asomaba por el horizonte.

—¡Un paseo en globo! —exclamó Abby.

—¿Te gusta la idea?

Cualquier cosa que la hiciera feliz lo hacía feliz.

—Me encanta. Siempre he soñado con montar en globo.

Él le pellizcó suavemente un brazo.

—No estás soñando, Ángel. Esto es real.

Diego se moría por decirle que lo que sentía por ella también era real, pero era consciente de que no era el momento adecuado. Aparcó el todoterreno, y ella se bajó de un salto y corrió a ver cómo inflaban el globo. Poco después, estaban listos para partir y hasta tenían una cesta con comida para el almuerzo.

Diego la ayudó a entrar en la barquilla de mimbre. Verla tan radiante le aceleraba el corazón. Le encantaba hacerla sonreír.

Después dio la orden de quitar las amarras, y el globo empezó a ascender suavemente.

Abby no podía parar de reír. A Diego se le hinchaba el pecho de felicidad al oír aquella risa franca. Le pasó un brazo por encima de los hombros, ella se acurrucó contra su pecho y sonrió.

—Esto es increíble —susurró.

—Me alegra haberte complacido.

—Espera un poco —dijo ella—. Hoy me toca complacerte a ti.

Él quería decirle que lo complacía por el solo hecho de existir, pero era demasiado pronto. Se concentró en avivar el fuego, en calentar el aire, en hacer que el globo se elevara cada vez más. Cuando alcanzaron la altura que quería, abrió la cesta de la comida y sacó unos sándwiches de jamón y huevo, y preparó unas copas con zumo de naranja y champán.

—Esto es muy romántico —declaró ella.

—Me alegro de que te guste.

—¿A quién no le gustaría?

Se miraron a los ojos, y Diego propuso un brindis.

—Por la pasión.

—Por la pasión —repitió ella, haciendo chocar sus copas.

Cuando terminaron de beber, Diego guardó las copas en la cesta y avivó la llama para que el globo recuperase la altura que había perdido mientras comían. Después se volvió a mirar a Abby, que estaba contemplando el paisaje. Ninguna de las mujeres con las que había compartido un viaje en globo lo había conmovido tanto como ella.

Incapaz de resistirse, se acercó y le besó la nuca.

—¿Qué haces? —preguntó ella, mientras él le mordisqueaba el cuello.

Abby se dio la vuelta, lo tomó de los hombros y, poniéndose de puntillas, le ofreció la boca. Era como si se estuvieran besando por primera vez. El calor, la emoción, la necesidad de explorarse, de probarse. Había algo diferente en ella. Algo había cambiado la noche anterior.

Sin saber qué ni por qué, Diego se apartó y la miró a los ojos con detenimiento.

—Estamos bajando de nuevo —dijo ella.

Él parpadeó, aturdido por el deseo y la confusión.

—¿Cómo? —preguntó.

Abby miró hacia arriba. Diego asintió y encendió el quemador. Ella miró el paisaje que los rodeaba.

—Aquí arriba, en la paz y el silencio, empujados por el viento, parece que fuéramos las únicas personas del mundo.

—Allí está el equipo de seguimiento.

Diego señaló el todoterreno naranja de Sunrise Jeep Tours que los seguía por tierra.

—Parece de juguete. Aquí estamos solos.

Él sonrió.

—Sí, supongo que sí. ¿Por qué? ¿Qué tienes en mente?

—Primero subir tanto como sea posible. Así tendremos un montón de tiempo ininterrumpido para descender.

Diego avivó la llama y elevó el globo tanto como pudo. Cuando se dio la vuelta, descubrió que Abby estaba arrodillada en el suelo de la barquilla.

—¿Qué haces? —preguntó, intrigado y excitado.

—Ponte frente a mí, sujétate del borde y mantén las piernas separadas.

Él obedeció, tragando saliva. El globo se meció con sus movimientos. Navegaron por la suave corriente, alcanzando las nubes sin esfuerzo.

Abby lo tomó de la cintura y le bajó la cremallera lentamente. Diego había esperado aquel momento durante diez años. Su erección asomó en cuanto se libró de la cárcel de la tela. Ella sonrió al descubrir que no llevaba calzoncillos y le acarició el pene con la yema de los dedos.

—Eres tan... tan... —murmuró, impresionada—. Me va a encantar tenerte dentro, llenarme de ti.

Él sólo gimió.

LA CONQUISTA DEL PLACER 149

—Así aprenderás lo que pasa cuando me arrastras al orgasmo en una discoteca —dijo Abby, acariciándolo con su aliento cálido.

Diego apretó los dientes. Quería decirle muchas cosas: lo bella que era, cómo le aceleraba el corazón, con qué entusiasmo renunciaría a todo por tenerla.

Pero se le atragantaban las palabras, y no podía hablar. Su cerebro estaba apabullado por el intenso placer que ella le proporcionaba con la boca.

Abby sonrió para sí al ver que Diego no oponía resistencia alguna. Le iba a enseñar cómo se había sentido la noche anterior en aquel rincón privado del Conga Club.

Al principio, sólo le apoyó la palma de las manos en los muslos, bajó la cabeza y le rozó el pene con las mejillas. Después, lo tomó del trasero, lo atrajo hacia sí y se llenó la boca de él. Deslizó los labios arriba y abajo.

Diego tenía la respiración entrecortada y estaba tan tenso que los músculos de sus muslos parecían de mármol. Emitía sonidos guturales, y Abby sabía que lo estaba complaciendo, que le estaba provocando el mismo gozo que él le había provocado.

El pene de Diego se expandió aún más, tensándole la piel. La punta, llena de sangre, palpitaba cálida contra los labios de Abby. Ella se asustó, creyendo que le había hecho daño, y se apartó.

—No — suplicó él, tomándola del pelo—. No te detengas.

Diego estaba temblando. En aquel momento, Abby sintió que le pertenecía, que era enteramente suyo. Jamás se había sentido tan poderosa.

Él le acarició las mejillas, echó la cabeza hacia atrás y soltó un gemido al cielo. Aquello la desconcertó y la complació al mismo tiempo. El orgasmo le sacudió todo el cuerpo, como un terremoto de placer, y derramó su esencia masculina en la acogedora boca de Abby.

Abby tragó, se humedeció los labios y hundió la cara entre las piernas de Diego, mientras el sonido de su propio pulso le retumbaba en los oídos.

Él se desplomó de rodillas.

—Eso ha sido... eres... te... —balbuceó, entre jadeos.

Abby tuvo la impresión de que Diego estaba a punto de decirle que la quería y sintió pánico. No quería oírlo. Una cosa era tener un romance tórrido con un amante de la aventura, y otra, enamorarse de él.

—Te adoro por lo que acabas de hacer —terminó él.

Ella se sintió aliviada y desilusionada a la vez. No entendía qué le pasaba, si quería que estuviera enamorado de ella o no.

Diego la miró a los ojos y le acarició una mejilla. Abby relegó las inseguridades al fondo de su mente y sonrió. Él le besó la frente, la nariz, los labios. Después la atrajo hacia sí y la abrazó con fuerza mientras volaban juntos, lejos de la tierra.

Diego no dejaba de pensar en Abby mientras guiaba a un grupo de turistas de la tercera edad de excursión por la Capilla de la Santa Cruz. Por mucho que intentaba concentrarse en describirles las particularidades del lugar, se olvidaba de cosas que sabía de sobra. Sencillamente, no podía apartar sus pensamientos de lo que había pasado en el globo. Ni del placer que ella le había dado, ni de cómo había estado a punto de decirle que la quería.

Se estremecía al recordarlo. Era demasiado pronto para decirle lo que sentía. No quería asustarla antes de que su seducción fuera completa.

Y tenía un plan muy bueno trazado para conseguirlo.

Cuando la había dejado en el balneario, la había mirado a los ojos, le había deslizado un dedo por la clavícula y había susurrado:

—Prepárate, Ángel, porque esta noche va a temblar tu mundo.

Mientras avanzaba por la avenida 179, Diego estaba pensando en la piel de Abby, suave como la seda. Estaba recordando el placer de sentirse rodeado por aquella boca cálida y sensual; el brillo apasionado en aquellos ojos color avellana cuando le bajaba la cremallera y le veía el sexo por primera vez.

Pensó en la forma en que había reaccionado ante su contacto; en cómo se había quedado sin palabras al menor roce de sus dedos. Lo había manipulado eróticamente, haciéndolo sentirse un rey entre los hombres.

Le temblaban las manos al recordarlo. Abby había estado radiante y aturdida por el renovado poder de su sexualidad. Diego no sabía de dónde había sacado el valor para expresarse tan vívidamente. Sólo podía esperar haber sido el catalizador de su cambio, porque lo hacía sentirse el hombre más sensual del mundo.

Esperaba la noche con impaciencia. Le parecía que faltaban años en lugar de horas. Aquella noche iba a llevarla al vórtice de Satán e iba a hacerla olvidarse de todo, hasta de ella misma.

Y al día siguiente le haría vivir una aventura única de la que no podría salir indiferente. Se lanzarían en paracaídas. Juntos, en caída libre.

Aparcó en el estacionamiento de la Capilla de la Santa Cruz, ayudó a los ancianos a bajar del todoterreno y los escoltó hasta el interior de la pequeña iglesia triangular construida por Frank Lloyd Wright. Mientras ellos visitaban la capilla, volvió al todoterreno para esperarlos. Se puso las gafas de sol y se recostó en el asiento.

—¿Diego?

Se enderezó de un salto, se quitó las gafas y vio a Tess, de pie junto a la puerta y con cara de tristeza.

—Hola —dijo ella—. ¿Puedo sentarme un rato contigo?

—Por supuesto.

Se montó en el asiento del acompañante. A él se le aceleró el corazón al pensar en la posibilidad de ver a Abby y echó un vistazo al aparcamiento.

—¿Dónde está Abby?

—En el balneario, haciendo que le lean el aura o algo así. Yo necesitaba caminar un poco y pensar.

—¿Qué pasa?

Tess gruñó y se tapó la cara con las manos.

—No es tu problema.

Era la primera vez que Diego la veía deprimida.

—¿Por qué no me lo cuentas? —sugirió, amigablemente—. Tal vez pueda ayudar.

—Es Jackson.

—¿Qué pasa con él?

—No consigo que se acueste conmigo.

—Tal vez crea que eres demasiado especial para apresurar las cosas.

—Sí, claro —replicó ella, con sorna—. ¿Qué hombre rechazaría a una mujer dispuesta a tener relaciones sexuales?

—Un hombre que quiera tomarse las cosas con calma.

Tess sacudió la cabeza.

—Oh, no.

—¿Qué?

—Sólo existe un motivo por el que un tipo querría tomarse las cosas con calma.

—¿Cuál?

—Está enamorado de mí.

—¿Y eso sería tan malo?

—Sería terrible.

—Tal vez no esté enamorado de ti —dijo Diego, buscando las palabras correctas para serenarla—. Tal vez no quiere hacerte daño.

—Está enamorado de mí. Lo sé. Pero no puede enamorarse de mí.

—¿Por qué no? Creía que Jackson te gustaba.

—Me gusta, pero no lo quiero.

—¿Y por qué no lo quieres?

—Porque no creo en el amor —declaró, convencida.

—¿Por qué?

—Es demasiado bueno para ser verdad.

—Eres muy escéptica.

—Dime la verdad —replicó Tess, mirándolo a los ojos—, ¿no eres escéptico sobre el amor?

—En absoluto.

—Mmm. Eso no me lo esperaba. Estaba segura de que después de todo lo que había pasado con Abby, creerías en el amor tan poco como yo.

—No es así. De hecho, creo ciegamente en las segundas oportunidades.

—Ojalá pudiera ser tan optimista —suspiró ella—. Pero la vida me ha demostrado lo contrario.

Diego se preguntaba por qué no estaba hablando del tema con Abby. Era una de las cosas que se hablaban con los mejores amigos.

—Pero ¿qué ha pasado con Jackson?

—Anoche bebí demasiado. Estaba nerviosa porque Jackson me gusta mucho, y me temo que no soy tan sensual ni tan atractiva como las mujeres a las que está acostumbrado.

—Te subestimas, Tess.

Ella frunció el ceño.

—Jackson ha dicho exactamente lo mismo.

—¿Y qué pasó anoche?

—Me llevó de regreso al balneario, y lo invité a subir mi habitación —relató Tess—. Vino, me dio una aspirina, me hizo beber un litro de agua, me metió en la cama, me besó en la frente y se marchó. Supongo que no le intereso.

—Si no le interesaras, no se habría tomado la molestia de cuidarte cuando estabas borracha. Y tal vez no es la clase de tipo que se aprovecha de una mujer que ha bebido de más.

—De acuerdo, entonces necesito que como hombre me digas qué puedo hacer para que se aproveche de mí.

—Creo que estás presionándolo demasiado.

—¿Qué quieres decir?

—Que trates de aplacar tu ansiedad. Que le des la oportunidad de dar el primer paso, si es lo que quiere.

Tess aceptó el consejo de buen grado.

—Está bien —dijo—. Estoy dispuesta a darle una oportunidad. ¿Así es como Abby se las ingenió para capturar tu atención? ¿Con su fría cautela?

Diego sonrió.

—Entre otras cosas.

Las otras cosas a las que se refería eran, fundamentalmente, el calor y la pasión que se ocultaban debajo de la fría cautela.

—Pero tengo miedo —reconoció Tess—. ¿Qué hago si Jackson está enamorado de mí? Lo que quiero de él es sexo, no un final feliz.

—¿Cómo puedes estar tan segura, si ni siquiera has hecho el amor con él? Tal vez, si te lo permites, podrías enamorarte de él.

Tess guardó silencio unos segundos y después dijo:

—Tanto mi padre como mi madre se han casado y divorciado varias veces. El matrimonio de los padres de Abby era una pesadilla. Dame una buena razón por la que debería arriesgarme a que me partan el corazón.

—Tess, aun cuando las cosas no funcionan, el amor siempre vale la pena.

Ella lo miró con detenimiento y soltó un grito ahogado.

—Dios, estás enamorado de ella, ¿verdad?

No podía negarlo y asintió compungido.

—¿Abby lo sabe? —preguntó Tess.

—Estoy buscando la forma de decírselo.

—¿Lo ves? Se te da muy bien dar consejos, pero también tienes miedo. Porque sabes que ya te rompió el corazón una vez y que no hay garantía de que no lo vuelva a hacer.

10

—Jamás había visto a alguien con un aura tan roja —le dijo Inga, la especialista en auras del balneario, a Abby—. En realidad, es más que roja. Literalmente estás en llamas.

Abby frunció el ceño.

—¿Qué significa eso?

—Lo rojo viene del chacra base. Representa las emociones físicas. La furia, la pasión, el deseo.

—¿Eso es malo?

—Si buscas tranquilidad, puede ser negativo.

—¿Y si no busco tranquilidad? ¿Y si me gusta ser ardiente y apasionada?

—Ah —dijo Inga—. Entiendo. Estás enamorada de un hombre muy terrenal.

Abby movió la cabeza en sentido negativo.

—No, no es amor.

—El aura no miente.

—Más que nada es deseo. La sensación irracional de que me moriré si no hago el amor con él.

Inga asintió.

—Es un problema.

—Pero puedo cambiar mi aura, ¿verdad? Que en este momento esté roja no significa que siempre vaya a estar dominada por la pasión, ¿no?

—Por supuesto que puedes cambiarla. De hecho, puedo limpiártela ahora mismo, ayudarte a controlar tus sentimientos primarios.

—¡No!

Abby había trabajado muy duro para encontrar la pasión y no estaba dispuesta a que ninguna limpiadora de auras destrozara el fruto de su esfuerzo.

—Si no bajas el tono de rojo, te diriges a un enorme dolor emocional. Estás desequilibrada. Demasiado énfasis en el cuerpo físico.

Abby era consciente del riesgo, pero aquélla era una aventura única en la vida. No le importaban los golpes ni las quemaduras. Cuando volviera a Silverton Heights, su aura sería verde, azul, morada o de cualquier color que representara la paz y la tranquilidad. Pero por primera vez en su vida estaba abrazando su naturaleza animal y no iba a disculparse por ello.

Abby le dio las gracias a la mujer, pagó la sesión y volvió a su habitación a esperar a Tess. Se suponía que irían a ver a Jackson al rodaje.

No habían pasado quince minutos cuando llamaron a la puerta.

A Abby se le paró el corazón pensando que podía ser Diego. Sabía que estaba trabajando, pero no podía evitar pensar que tal vez pasaba a visitarla en algún rato libre. No dejaba de pensar en lo que le había hecho en el globo aerostático. Era lógico que su aura estuviera en llamas.

Abrió la puerta, y cuando vio a Jackson se le borró la sonrisa.

—Hola. Tess no está.

—He venido a verte a ti —dijo él.

—¿A mí?

—¿Puedo pasar? Necesito hablar contigo sobre Tess.

—Sí, claro.

Abby se echó a un lado para que pudiera pasar. Jackson entró en la habitación y comenzó a caminar de un lado a otro.

—¿Quieres sentarte?

Él negó con la cabeza.

—Gracias, pero estoy muy nervioso.

—¿Hoy no tenías que rodar?

—Me han dado la tarde libre.

—¿Por qué?

—No me podía concentrar y no dejaba de cometer errores.

—¿Qué pasa?

Él la miró torvamente.

—Tess y yo tuvimos una discusión muy fuerte anoche.

Abby había estado preocupada por su relación desde el principio, pero Jackson parecía tan angustiado que sentía pena por él.

—¿Qué pasó?

—Se enfadó porque no quería hacer el amor con ella.

—¿Cómo?

—No es que no quiera hacerle el amor —puntualizó Jackson, tirándose del pelo con desesperación—. De hecho, la deseo tanto que ni siquiera puedo pensar con claridad. Pero es demasiado importante para mí, y no quiero apresurar las cosas. Suelo ir muy deprisa con las mujeres, y cuando ellas se toman la relación en serio, me escapo. Pero Tess es diferente. Es especial.

—Lo sé.

—No quería estropear las cosas con ella.

—¿Le has dicho todo esto?

—Sí.

—¿Y?

—Ha dicho que ella no se compromete. Que quiere sexo o nada. ¿Qué se supone que significa eso?

—Que está asustada.

Jackson soltó una carcajada.

—Por supuesto que está asustada. Yo también lo estoy. Jamás he sentido esto por nadie. Pero perderla me asusta mucho más.

Abby le puso una mano en el hombro.

—Puede que esté enamorada de ti y por eso esté tan alterada.

—Pero ¿cómo la convenzo para que me dé una oportunidad? ¿Para que nos dé una oportunidad?

—Tienes un panorama complicado. Su infancia fue un desastre. La llevaban de la casa de la madre a la del padre, de la del padre al internado, del internado a la de la madre. Así una y

otra vez. Tiene más de una docena de hermanas-
tros. No ha tenido nada parecido a un modelo de
compromiso. Su vida ha sido una puerta girato-
ria con gente que entraba y salía.

—Mis padres llevan cuarenta casados.

—¿Y tú nunca te has casado?

—No. Quería divertirme, aprovechar las ven-
tajas que me daba trabajar en el cine. Pero tengo
treinta años, y las fiestas y los ligues de una noche ya no me apetecen como antes. Quiero otra
cosa. Quiero estar con Tess.

—Me parece bien.

—Tú pareces conocerla mejor que nadie. Dime
cómo puedo cortejarla.

—Retira todos los gestos llamativos de tu ar-
senal. Has algo totalmente romántico. Demuéstrale lo que sientes. Hazle saber que el sexo no
es suficiente para ti.

—¿Y qué hago si me rechaza?

—No te rindas. Necesita a un tipo fuerte, capaz de resistir sus pataletas, que las tendrá...

—¿Algo más?

—Demuéstrale que puede contar contigo. No
dejes que te asuste su dureza. No pretende hacerte daño; sólo te está poniendo a prueba. Necesita saber que no la abandonarás ante el primer síntoma de conflicto.

—Gracias, Abby —dijo Jackson, besándola en
la mejilla—. Me voy a ganar su corazón. Espera y
verás.

—Suerte.

Abby sonrió y lo vio ir hacia la puerta. Por el
bien de la felicidad futura de Tess, esperaba que

Jackson Dauber fuera la mitad de hombre de lo que parecía ser.

Inquieta por la visita de Jackson, Abby salió a pasear por el jardín del balneario. Se había hecho una limpieza de cutis, se había dado un masaje, se había hecho la manicura y la pedicura, y había comido hasta el hartazgo. Eran las cuatro de la tarde, y faltaban muchas horas para que Diego fuera a recogerla.

No podía dejar de preguntarse qué tendría planeado para aquella noche. Imaginaba que por fin harían el amor. Aunque no en una cama.

Sonrió, tratando de imaginar dónde lo harían. Ya habían tenido encuentros furtivos en las ruinas indias, en la discoteca de salsa y en el globo aerostático. Sólo había una cosa que podía superar aquellas experiencias: hacer el amor en un vórtice.

Abby se estremeció. Era exactamente lo que deseaba. Sentir el poder de la energía de la tierra combinado con la energía que emanaban sus cuerpos.

Se excitaba sólo con pensarlo.

Estaba demasiado intranquila para seguir paseando por el jardín y decidió volver a la habitación. En el vestíbulo, el recepcionista tenía la televisión encendida. Abby no habría prestado atención al telediario de las cinco de la tarde de no haber oído la voz de su padre. Se paró en seco y se volvió a mirar.

En la pantalla estaba su padre en un mitin,

con Ken a su lado y rodeado por una multitud de seguidores que agitaban banderas y pancartas. Estaba presentando su propuesta para endurecer las penas a los delincuentes juveniles.

Abby nunca había cuestionado las causas que defendía su padre. Era un hombre conservador con elevados valores morales. Para él las cosas eran blancas o negras, y las personas, buenas o malas. Cuando Diego había pintado frases obscenas en las paredes del almacén de su madrastra, el juez no había visto nada malo en darle una lección encerrándolo en la cárcel una semana.

El problema era que la lección que le había dado era que no podía esperar que su familia y sus amigos permanecieran a su lado cuando había cometido un error, que la autoridad siempre tenía la razón, y que no era posible cometer una transgresión ni equivocarse.

No le extrañaba que Diego se hubiera sentido traicionado. Se preguntaba cómo no se había dado cuenta antes.

Mientras miraba la pantalla descubrió a alguien entre la multitud, y su corazón dio un salto.

Era el conductor del coche blanco, el turista mal vestido del vórtice, el hombre que la había estado siguiendo. Salvo que en el mitin llevaba puesto un traje caro y estaba susurrando algo al oído de Ken.

Si el aura de Abby estaba en llamas, al ver aquella imagen se había convertido en un incendio imposible de sofocar.

Una cosa era sospechar que su padre la tenía

vigilada y otra muy distinta era confirmar sus sospechas por un programa de televisión.

No estaba dispuesta a dejar que su padre siguiera creyéndose el dueño de su vida y se lo iba a hacer saber, y no en términos conciliadores, precisamente.

Apretó los puños, furiosa. Hasta entonces jamás se había permitido expresar su furia. Lo veía como una fuerza negativa que debía evitar para no enfadar a la gente.

Pero estaba harta de tanta farsa. Bajo la magistral tutela de Diego, en los últimos días había aprendido que estaba bien expresar las emociones, tanto positivas como negativas.

Había comprendido que tenía el legítimo derecho de experimentar y expresar su furia. Por fin conocía el verdadero significado de la ira, y entendía por qué su padre la había alentado para que la reprimiera. La furia le daba el valor para decir «no», para recuperar el control de su vida.

La ansiedad que sentía cada vez que se atrevía a contrariarlo había desaparecido. Igual que sus estornudos.

Abby tomó el teléfono y llamó al móvil de su padre en cuanto vio que el mitin había terminado.

—¿Diga? —contestó su padre.

Abby no tenía miedo. De hecho, estaba increíblemente tranquila.

—Papá, sé lo que has hecho y quiero que sepas que no lo voy a tolerar.

—¿Abby? ¿Eres tú?

—Si, soy tu hija obediente y sumisa. Salvo que ya no tan obediente y sumisa.

—¿Qué sucede? ¿Qué ha pasado?

—Sé que has contratado a un tipo para que me espiara, y tu falta de confianza me parece increíble. No voy a permitir que sigas interfiriendo en mi vida.

—No sé de dónde has sacado esa información, pero yo no he enviado a nadie a espiarte.

—Por favor, no me mientas. He visto tu mitin en el telediario. He visto al tipo que me ha estado siguiendo entre tu camarilla. Estoy muy decepcionada contigo, papá. No volveré a vivir en tu casa. He decidido mudarme.

Lo único lo que oyó al otro lado de la línea fue un silencio asombrado. Respiró profundamente y continuó:

—De hecho, me voy de Phoenix. Me mudo a Sedona.

—¿Te mudas con Diego Creed?

—¡Ja! Si no me hubieras estado espiando, ¿cómo sabrías que Diego está aquí?

—Tu vieja amiga Suzanne Thompson estuvo de vacaciones en Sedona y te vio en una discoteca con Diego —replicó el juez—. No he dicho nada porque he supuesto que tienes derecho a tener tus aventuras mientras la prensa no las descubra, pero te he dado más crédito del que merecías. No esperaba que permitieras que te lavara el cerebro. Él está detrás de tu ofensiva actitud, reconócelo.

—Diego me ha ayudado a ver algunas cosas, sí. Como el hecho de que nunca podré ser una mujer independiente que piense por sí misma mientras viva en Silverton Heights.

—Pero, Abby, piénsalo bien. ¿Qué hay de tu trabajo?

—Tú me conseguiste ese trabajo. Nunca busqué algo así. Lo acepté por complacerte, porque era más fácil que examinar mi propio corazón y decidir qué era lo que quería hacer con mi vida.

—Te has convertido en Cassandra —dijo él, con amargura—. Sabía que esto iba a pasar.

—No, papá. No entiendes nada. Me he convertido en Abby.

Y con aquella afirmación, cortó la comunicación.

—Me voy de Phoenix —anunció Abby cuando Diego pasó a buscarla aquella noche.

—¿Qué?

—Me he peleado con mi padre.

—¿He sido la causa?

—Es algo que tendría que haber hecho hace tiempo. Tenías razón: mientras viva bajo su influencia, nunca estaré segura de lo que deseo de la vida.

—Abby... yo...

Diego se quedó mirándola, con los sentimientos hechos un lío. Lo había conseguido, había desatado la pasión de Abby y la había puesto en contra de su padre.

Sin embargo, no estaba contento. Cuando por fin había alcanzado su objetivo, se dio cuenta de que no era lo que quería. Quería a Abby. Pero te-

mía cómo podía reaccionar si se enteraba de
que él había empezado aquel romance con intención de vengarse.

—No quiero volver a sepultar la pasión —declaró ella—. Creía que podía divertirme, tener un
par de aventuras sexuales y volver a mi vida en
Phoenix. Pero me he dado cuenta de que es imposible. He cambiado, tú me has cambiado, y ya
no me avergüenzo de mi sexualidad.

—Oh.

Él no sabía cómo se sentía con aquel giro de
los acontecimientos.

—Quiero todo lo que puedas darme, Diego.
Todo. Quiero hacer el amor contigo. Quiero que
sea la experiencia más maravillosa de mi vida.

—Y luego dices que no me sienta presionado...

—Vamos —dijo ella, tomando las llaves de la
habitación—. Vámonos de aquí. Estoy deseando
empezar.

—Empiezo a sentirme un objeto sexual —
protestó Diego, con tono bromista—. Y no es
una sensación particularmente agradable.

Ella gruñó y lo tomó del cuello.

—Eres mucho más que un objeto sexual, y lo
sabes. Eres amable y considerado. Eres tierno y
fuerte. Eres el hombre de los sueños de cualquier mujer. Ahora vamos. Quiero pasarme toda
la noche aullando de placer.

Diego parpadeó. Había creado un monstruo. Impresionado, la siguió hasta el todoterreno. Le costaba creer que aquella mujer atrevida fuese Abby.
Tendría que vigilarla de cerca para asegurarse.

—¿Adónde vamos? —preguntó ella.

En el cielo había una luna llena enorme y amarilla, rodeada de estrellas que brillaban como diamantes sobre terciopelo negro.

—Al puente de Satán —dijo él.

—Me gusta cómo suena eso. ¿Está cerca de un vórtice?

—En el epicentro.

—Genial.

Diego no salía de su asombro, y se preguntaba si sería capaz de lidiar con aquella nueva faceta explosiva de Abby.

Había esperado bastante antes de ir a buscarla. Quería asegurarse de que estarían solos en el puente de Satán. Eran casi las diez cuando dejó el vehículo en el aparcamiento del parque nacional.

Abby lo ayudó a cargar las provisiones que había llevado: champán, bocadillos, mantas, equipo de montañismo y unas cuerdas largas y fuertes. Ella estaba de un humor tan raro que Diego había empezado a pensar que tal vez no fuera el mejor momento para los movimientos acrobáticos que había planeado.

La caminata en la oscuridad no fue extenuante ni peligrosa, y veinte minutos después llegaron al estrecho puente de roca, que se elevaba a más de quince metros del suelo.

En cuanto pisaron el puente, Diego sintió cómo la energía del vórtice los empujaba hacia adelante.

—Lo siento —susurró Abby—. Está alrededor de nosotros.

LA CONQUISTA DEL PLACER

—También está dentro de nosotros.

—Lo sé —afirmó ella, mirándolo con los ojos llenos de asombro—. Vamos a hacer el amor en este puente.

—Vamos a hacer más que eso, Ángel. Voy a poner a prueba tu pasión.

—Adelante —murmuró ella.

Dejaron las cosas en el suelo arenoso de la entrada del puente. Después, Diego se volvió, la atrajo hacia sí y la besó a la luz de la luna llena.

Cada vez que la besaba era mejor. La boca de Abby era un horno que avivaba el deseo y le hacía olvidar el nerviosismo. Aquella noche iban a hacer el amor. No más juegos de seducción.

Y él planeaba amarla hasta el amanecer. Abby estaba hecha para él. La sentía en los huesos, en la sangre.

No iba a dejar un solo centímetro de ella sin tocar, sin probar. Le iba a recorrer el cuerpo con manos, labios, lengua y ojos, traspasando los límites de la carne hasta llegar al centro de su alma.

Se pertenecían, y él se iba a asegurar de que Abby lo entendiera. Porque su amor por ella era tan antiguo como las montañas que los rodeaban, tan salvaje como los lobos y tan feroz como los rayos que estallaban en las solitarias noches de tormenta en el desierto.

Se desvistieron mutuamente. A Abby se le escapó un gemido de placer al verlo completamente desnudo, y a él se le hinchó el corazón de orgullo. Además de sentirse halagado, le encantaba saber que le parecía tan atractivo como ella a él.

Dejaron la ropa en el suelo, Diego se puso la manta debajo del brazo, tomó a Abby de la mano, y caminaron desnudos por el puente, que no tenía más de dos metros de ancho. A los lados se abría un abismo oscuro y misterioso. Un movimiento en falso y caerían al vacío abrazados.

Por ello él había llevado las cuerdas. Porque por fin había recuperado a Abby, y no estaba dispuesto a volver a perderla.

Extendió la manta en el suelo de arenisca, le dijo a Abby que se sentara y fue a buscar las cuerdas, las cadenas y las poleas. Había estado allí durante el día y había instalado el equipo en las rocas. Lo había probado varias veces para comprobar que fuera absolutamente seguro. Lo que estaban a punto de hacer en menos peligroso que volar con ala delta, pero diez veces más excitante.

O al menos era lo que Diego esperaba, porque era la primera vez que lo hacía.

Abby lo observó instalar el equipo.

—¿Vamos a hacer el amor aquí arriba? —preguntó.

—Sí.

—Podríamos caernos.

—¿No confías en mí?

Lo miró a los ojos y se humedeció los labios. Sabía que aquella noche sería el momento culminante del tiempo que iban a pasar juntos, y no hubo vacilación en su voz cuando contestó:

—Sí.

Él sujetó los tensores a los tornillos colocados en la roca a ambos lados del puente, y colocó las poleas y las cuerdas. Después se puso un arnés alrededor de la cintura, lo aseguró a las cadenas y buscó el segundo arnés para Abby.

—Ponte de pie.

Diego le cerró el arnés de nailon alrededor de su bonita cintura desnuda. Cuando terminó su tarea, ella estiró una mano para tomarle el pene. Él estaba abrumado. Había roto la coraza de mujer civilizada que Abby había mostrado siempre y había liberado a la mujer primitiva que estaba dentro.

Se besaron, y él le deslizó las manos por la espalda. Abby tenía la piel tan caliente que Diego se miró los dedos para asegurarse que no se había quemado.

Se recostaron en la manta y siguieron besándose, avivando el fuego de la pasión.

Abby era más que bella para él. Era puro intelecto y puro animal. Su fría cautela se había derretido, sus instintos básicos se habían rebelado contra las convenciones de su sociedad. Lo acariciaba sin miedo; todas sus dudas y sus temores habían desaparecido.

Ella era parte esencial de su pasado, de su presente, y Diego esperaba que también de su futuro. Ninguna mujer lo había dominado tanto físicamente. Su lengua era un exquisito instrumento de tortura; sus dedos, una delicada y deliciosa herramienta de suplicio.

Era atrevida y audaz, y se entregaba al placer como nadie. Se había quitado la máscara de la Abby remilgada y se había rendido a la pasión de la verdadera Abby.

Estaban justo encima de un vórtice electromagnético. El yin y el yang de los campos de fuerza. Las energías femenina y masculina combinadas en un equilibrio único. El complemento perfecto.

Ella se sentó encima de Diego, rodeándole la cintura con las piernas y rozándole la pelvis con su sexo cálido y húmedo.

El puente temblaba al compás de sus movimientos de cadera.

Diego estaba exaltado. El cuerpo de Abby era como el templo de una diosa, algo para adorar y venerar.

La electricidad que los rodeaba incrementaba la fuerza de su deseo. Se devoraban con lengua, labios y dientes. Se olían, se oían gemir, se acariciaban.

Diego sentía que había abierto la puerta sagrada de una bóveda llena de riquezas, y que los tesoros eran tan enormes como el precio que debía pagar para obtenerlos.

A lo largo de los años había erigido cuidadosamente sus defensas. Se había dicho que no necesitaba vivir en un lugar tan retrógrado e intolerante como Silverton Heights. Se había convencido de que era un lobo solitario que no necesitaba a nadie. Se había engañado con la creencia de que no le importaba lo que la gente pensara de él.

Se había aferrado obstinadamente a los límites que había trazado para garantizar su independencia. Sin embargo, lo que lo había ayudado en las primeras etapas de su vida le había hecho daño después. Mantenía la distancia con los demás, y no bajaba nunca la guardia.

Paradójicamente, se sentía seguro corriendo riesgos, se fortalecía desafiando las normas.

Pero en el fondo, nunca había podido encontrar el equilibrio. Había algo que siempre había estado mal.

Hasta aquel momento con Abby.

Se recorrieron la piel con los labios entreabiertos, buscándose las zonas erógenas, descubriendo nuevas sensaciones. Ella gemía suavemente. Él gruñía sin reparos.

Diego le besó los pezones mientras le acariciaba los senos. Ella le deslizó las manos por la cara interna de los muslos hasta tomar el pene entre los dedos. Él la lamió desde los pezones hasta la entrepierna, pasando por el abdomen. Abby se estremeció y lo tomó de las manos.

—Entra en mí, Diego —suplicó—. Ahora.

Pero él se negó.

—Es demasiado pronto —susurró, besándole la boca.

Diego quería que su unión fuera una experiencia única. Para ella, para él, para los dos. No obstante, lo complacía saber que la excitaba tanto. Nada deleitaba más a un hombre que conmover a la mujer que amaba.

Deseaba poder llevarla allí todas las noches, hacerle alcanzar aquel nivel de éxtasis.

Abby se recostó sobre él, rozándole provocativamente el pecho con los senos, y lo besó. Después, se deslizó hacia abajo y, antes de que él pudiera reaccionar, le rodeó el pene con su boca cálida y anhelante.

—No —insistió Diego, levantándole la barbi-

lla para obligarla a mirarlo—. Si haces eso no du-
raré ni cinco segundos.

—No me importa.

—A mí sí. Quiero que alcancemos el clímax
juntos.

—En ese caso, ¿cómo sigue tu plan?

Él sonrió con complicidad.

—Ahora viene la hamaca.

11

Estaban en una hamaca. Suspendidos en el aire, a quince metros de la tierra. Diego era un escalador experto, con años de experiencia en deportes de riesgo. Sabía lo que estaba haciendo, y no había manera de que resultaran heridos.

Abby sabía que aquélla sería la experiencia con mayor carga erótica de su vida.

Diego estaba recostado contra la cuerda, y ella, sentada a horcajadas sobre él. Cada vez que se movía, la hamaca se balanceaba. Era una sensación indescriptible.

Abby empujó la soga con las rodillas para que la hamaca se meciera más deprisa. Se sentía osada y peligrosa, apasionada y vibrante. Por fin había descubierto quién era de verdad.

Era una mujer que disfrutaba de vivir intensamente. Había perdido demasiados años negándose a sí misma; tenía que recuperar el tiempo perdido.

—Despacio, Ángel —dijo Diego—. Parece que te ha gustado la hamaca.

—Es como una utopía. Nada debajo, nada encima. Sólo tú, yo, la naturaleza y el vórtice.

—No olvides la cuerda, los arneses y los tensores. Esto es un deporte de riesgo.

—¿Crees que podrían incluirlo en las olimpiadas? —bromeó ella—. Podríamos conseguir la medalla de oro.

Abby empezó a moverse encima de él, aumentando el calor y la tensión con el vaivén de las caderas. Diego se incorporó levemente y le cubrió uno de los senos con la boca. Ella gimió complacida al sentir la lengua y los dientes en el pezón; estiró una mano, tomó el pene entre los dedos y se lo llevó al pubis; lo frotó contra sus labios mayores y su clítoris durante unos minutos para después introducirlo en su interior.

Él soltó un grito ahogado y abrió los ojos desmesuradamente.

—¿Dónde has aprendido eso?

—Me lo acabo de inventar.

—Bueno, mantén la imaginación en movimiento.

—La imaginación y las caderas...

—Eres incorregible.

—Y te gusta que sea así.

—Ángel mío, tú me gustas de cualquier manera.

Ella se echó hacia delante y lo besó. Se sentía completamente relajada, lo cual era bastante extraño si se tenía en cuenta la posición en la que estaban.

Pero confiaba en Diego y sabía que con él estaba a salvo.

Meció las caderas arriba y abajo, llenándose de él. Lo miró a la cara y se perdió en la profundidad de aquellos ojos negros.

Él balanceó la pelvis al compás de sus movimientos. Abby se aferró a las cadenas que tenía encima y aumentó la intensidad de sus embestidas.

—Sí, Ángel. Así...

Diego la tomó de las caderas, se sujetó los pies con las cuerdas y la acometió con fuerza.

—Más deprisa —gimió ella.

Estaban girando, perdidos en un torbellino mágico, absortos en su pasión. El mundo les pertenecía. Y cuando alcanzaron el clímax, lo hicieron juntos, gimiendo sus nombres una y otra vez en la oscuridad.

Tess iba a seguir el consejo de Diego y aplacar su entusiasmo. No iba a presionar a Jackson para que tuvieran relaciones sexuales.

En consecuencia, cuando él la llamó y le pidió que se reunieran en Cathedral Rock a medianoche, se mostró indiferente y le dijo que no sabía si iría, a pesar de la emoción que le causaba la llamada.

Como su ropa era demasiado provocativa, se puso unos pantalones, una blusa y unos zapatos bajos de Abby. Llegó a Cathedral Rock veinte minutos después de la medianoche. Se preguntaba si Jackson aún estaría allí o si se había dado por vencido al ver que no llegaba. La respuesta le diría mucho sobre él.

Antes de alcanzar la cima, Tess oyó la suaves acordes de la música y sonrió. Jackson debía de haber hablado con Abby, porque nadie más podía haberle dicho que le gustaba Celine Dion. Al parecer, estaba muy interesado en complacerla.

Cuando llegó al final del trayecto, se le aceleró el corazón. Allí, en medio de la montaña, Jackson había puesto una mesa con mantel blanco, velas y una colección de afrodisíacos, desde trufas hasta caviar, pasando por el chocolate.

Se sintió conmovida por el gesto; la hacía sentirse especial.

Vestido con un esmoquin, Jackson caminó hacia ella con la mano extendida. Tess lo esperó tímidamente, en parte por hacer caso del consejo de Diego, pero también porque se sentía invadida por una serenidad que no había experimentado nunca.

Su clásico descaro desaparecía ante la ternura de la mirada de Jackson. La mujer atrevida y sedienta de aventuras había cedido paso a la que había estado esperando en secreto algo más.

—Tess —murmuró él, apartándole la silla.

Jackson descorchó una botella de champán, y se sentaron a la mesa como si estuvieran en un restaurante de cinco tenedores de París. La brisa nocturna los envolvía con su aroma de enebro y piñones.

Jackson puso una cucharada de caviar en una tostada y se la dio a Tess en la boca. Ella disfrutó del delicioso manjar, se lamió los labios y preguntó:

—¿A ti qué te apetece?

—Esto —contestó él, echándose hacia adelante para besarla.

Pero Tess se apartó.

—Creo que no deberíamos —dijo—. No es una buena idea.

—Anoche no decías lo mismo.

—Anoche había bebido demasiado.

—Entonces toma otra copa de champán —replicó Jackson, deslizándole la lengua por el cuello.

—No, necesito mantenerme alerta.

—¿Por qué?

—Porque me pones nerviosa.

—¿Por qué?

—¿Piensas acribillarme a preguntas?

—No, pienso acribillarte a besos.

Jackson volvió a acercarse a su boca. Había algo reconfortante en la forma en que la besaba. Algo tierno y romántico. La abrazaba como si fuera la cosa más preciosa que había tocado en su vida.

Tess se sintió renacer en los brazos de Jackson. Ningún beso le había sabido tan dulce, tan intenso, tan vital. Ni diez copas del mejor champán del mundo podían igualar el efecto embriagador de sus labios. Ni cien baladas románticas podían producir una música tan cautivadora como la respiración de Jackson. Ni diez mil velas

encendidas podían compararse con el calor de
sus ojos marrones.

Y todo por ella.

Sin dejar de besarla, Jackson le desabotonó la
blusa. Tess lo dejó hacer, porque lo deseaba tanto
como él a ella. Cuando él empezó a acariciarle
los senos, cerró los ojos y se dedicó a disfrutar
de cada sensación.

El roce de los dedos, la pasión del beso, el perfume de Jackson, su calor...

Diego le había aconsejado que se contuviera,
pero no podía. Jackson era todo lo que deseaba.

Con un suave gemido, Tess inclinó la cabeza,
ofreciéndole el cuello. Él lo mordió suavemente.
Ella se estremeció y volvió a gemir, extasiada.

Se besaron frenéticamente, dominados por
una fuerza primitiva. La vorágine del vórtice avivaba el fuego de su pasión.

Jackson apartó la comida de la mesa. Los platos se estrellaron contra las rocas. A ninguno de
los dos le importó.

Él le quitó la ropa, y ella lo ayudó a librarse
del esmoquin.

Todo era maravilloso. El juego, las caricias, el
olor a hombre y champán.

—¿Qué te apetece? —preguntó él, mirándola
como si estuviera dispuesto a darle la luna.

Tess no contestó, pero le tomó el pene y lo
llevó adonde deseaba. Entretanto, Jackson la
besó en las mejillas, en la nariz, en la nariz, en los
ojos.

Durante un momento, ella vaciló y se preguntó si aquello era correcto. Enseguida se con-

venció de que algo tan placentero no podía ser malo.

Como si hubiera percibido sus dudas, Jackson le besó la barbilla y dijo:

—Te deseo.

Tess sintió un renovado optimismo. Tal vez el amor no fuera algo tan imposible como creía.

A fin de cuentas, nunca se había sentido así. Lo había oído en las canciones románticas, lo había leído en docenas de libros, pero aquella sensación jamás había formado parte de su realidad.

Aunque sus expectativas no iban más allá de aquella noche, lo que sentía en aquel momento era tan real que no podía negarlo.

Estaban haciendo el amor en la cima de una montaña a la luz de la luna, despojados de toda pretensión, y aquello la excitaba de un modo inimaginable.

Jackson encontró una uva aplastada debajo de su trasero. Tess se rió al ver la cara que ponía.

—¿Te parece gracioso? —preguntó él.

—Sí.

—Voy a enseñarte lo que es gracioso.

Jackson empezó a hacerle cosquillas.

—¡Oh, no! ¡Basta! —suplicó ella.

Él le deslizó la yema de los dedos por la cara interna del muslo.

—¿Eso te hace cosquillas?

—No, es muy agradable.

—¿Y esto? —preguntó, acariciándola íntimamente.

—Guau...

—¿Y esto?

—Calla —dijo ella, silenciándolo con sus besos.

Hicieron el amor de manera salvaje, desesperada, frenética. Jackson la sentó encima de él, y Tess lo cabalgó, gozando de su sexualidad más que nunca.

Lo miró a los ojos y se vio reflejada en ellos. Vio amor.

Aquello la asustó y la regocijó al mismo tiempo.

—Jackson —gimió, al alcanzar el clímax—. Jackson, Jackson, Jackson.

Él la tomó de las caderas mientras ella se estremecía de placer. La arrolladora fuerza del orgasmo la dejó en un estado de semi inconsciencia. Por los gemidos de Jackson supo que él también había alcanzado el éxtasis.

En aquel momento, Tess comprobó que lo que decían era cierto. No había nada comparable al sexo en un vórtice.

Al día siguiente, Abby se apuntó al primer turno de Caída libre, la nueva oferta turística de Sunrise Jeep Tours, con Diego como guía. La noche anterior había tenido una experiencia sexual que nunca olvidaría, y estaba lista para abordar la máxima aventura física: el paracaidismo.

Le dolían todos los músculos, pero de una manera agradable. Estaba maravillada con sus cambios, tanto físicos como psíquicos. Gracias a Diego y a sus propias ganas de traspasar los límites, por fin había vencido sus miedos.

Le había plantado cara a su padre. Había tomado la decisión de mudarse a Sedona para apostar por un posible futuro con Diego. Y hasta había hecho el amor en una hamaca, suspendida a quince metros del suelo en mitad de la noche.

Sería difícil encontrar algo más apasionado que aquella experiencia.

Estaban sentados en la parte trasera de la avioneta, vestidos con monos y con los arneses enganchados, una vez más. Diego le guiñó un ojo y la tomó de la mano.

Aquello era muy importante. La prueba final en su determinación de ser quien era de verdad.

Abby ya estaba empezando a adorar al cielo como Diego. Sentía que el viento susurraba su nombre. El corazón le latía a toda velocidad. Se sentía de maravilla, pero estaba inquieta.

—¿Cuántas veces has saltado en paracaídas? —preguntó.

—Tranquila, Ángel. Soy instructor profesional.

—Lo sabes todo sobre los deportes de riesgo.

—Sirven para aplacar a las fieras.

—¿Por eso lo haces?

—Estás haciendo algo impresionante al seguirme el ritmo —dijo él, haciendo caso omiso a la pregunta—. No puedo dejar de pensar en lo de anoche. Estuviste increíble.

—Gracias.

Abby aceptó el cumplido y por una vez no tuvo ganas de estornudar.

—Estamos en la zona de lanzamiento —les comunicó el piloto.

Ellos se pusieron de pie y se acercaron a la

puerta. Diego abrió la escotilla, y una ráfaga de aire frío les dio de lleno en la cara.

—¿Estás lista para la caída libre, Ángel? ¿Estás segura de que quieres hacer esto?

—¡Estoy lista! —gritó ella, con el corazón en un puño.

El piloto apagó el motor. El silencio era ensordecedor. Sólo se oía el sonido de su respiración.

Abby tenía el pulso tan acelerado como lo había tenido la noche anterior mientras hacían el amor en el vórtice. Las imágenes de aquella experiencia danzaban en su cabeza, mezcladas con la adrenalina que le generaba lo que estaba a punto de hacer. Pensó en cómo le estaba demostrando Diego lo mucho que significaba para él.

—Vamos —le susurró él al oído.

Abby cerró los ojos. Confiaba en él como no había sido capaz de confiar diez años atrás.

Unos segundos después estaban cayendo a una velocidad increíble. Ella se obligó a abrir los ojos y sonrió al ver la cara de Diego. Se estaban moviendo tan deprisa que le vibraban las mejillas en el viento. Abby imaginaba que a ella también.

Cuando estaban a menos de mil quinientos metros de altura, Diego abrió el paracaídas y todo cambió.

Empezaron a descender lentamente, y la sobredosis de adrenalina de la caída libre fue seguida por una tranquilidad absoluta.

Flotaban en el aire a la deriva. Al margen del sonido del paracaídas que ondeaba al viento, todo era silencio.

Mientras caían, el espíritu de Abby se elevaba ilusionado ante las posibilidades del futuro. Podía ser y hacer todo lo que quisiera. Ir adonde quisiera. Ya no la limitaban las demandas y las expectativas de los demás.

Lo había hecho. Se había puesto a prueba y había encontrado su pasión interior. Ya no era la mujer que se dejaba arrastrar por la corriente, negándose sus propios deseos. Había aprendido a combinar su temperamento agradable con un renovada fortaleza emocional.

Ya no temía irse de su casa y de su comunidad. Era mucho más fuerte de lo que había soñado.

Se había lanzado a un mundo alejado del ámbito de influencia de su padre. Un mundo que no estaba controlado por la emoción, como el de Cassandra, sino que estaba definido por ella.

El aterrizaje habría sido perfecto de no haber sido por cierto detalle perturbador. En el momento en que pusieron los pies en la tierra se vieron rodeados por una horda de periodistas que pedían detalles sobre la fotografía de la portada del *Confidential Inquisitor*.

Una imagen que mostraba a la hija del juez Archer haciendo el amor con la oveja negra de Silverton Heights en una hamaca colgada del puente de Satán.

12

—Sin comentarios —repitió Diego una y otra vez mientras corrían al todoterreno.

La euforia que había experimentado por la perfección de su salto se había desintegrado en medio de la realidad. Los detalles explícitos de su romance estaban en la portada de una revista sensacionalista.

Diego estaba desconsolado. El escándalo podía perjudicar las aspiraciones electorales del juez Archer, pero era Abby quien realmente iba a sufrir las consecuencias.

Y todo por su culpa. Diego se sentía un canalla de la peor calaña.

Tenía que sacar a Abby de allí y protegerla de la mirada de los curiosos. Puso en marcha el todoterreno y estuvo a punto de atropellar a un periodista que se negaba a dejarlos pasar.

Abby estaba pálida y visiblemente afectada.Alguien le había dado un ejemplar de la revista y estaba mirando la foto anonadada.

—Dame eso —dijo él.

Diego le quitó la revista de las manos y la arrojó al asiento trasero. Ella sacudió la cabeza y trató de contener las lágrimas.

—¿Quién sacó esas fotos?

—¿El paparazzi del coche blanco?

—Pero no era un paparazzi —contestó ella—. Trabajaba para mi padre, y él jamás habría permitido que esto llegara a los medios de comunicación.

A él se le hizo un nudo en el estómago.

—Lo siento.

—No ha sido culpa tuya.

—Claro que sí. Nada de esto habría pasado si yo no hubiera insistido en tener relaciones sexuales estrambóticas.

Diego tenía un enorme cargo de conciencia. En cuanto había empezado a seducirla se había dado cuenta de lo mucho que seguía queriéndola, y su objetivo había pasado a ser ayudarla a encontrarse a sí misma.

Pero al principio, sus motivos habían sido menos nobles. Pretendía vengarse de su padre, pero no quería que ella interpretara mal la cadena de acontecimientos. Tenía que encontrar una forma de explicárselo. Desafortunadamente, el estúpido escándalo lo enturbiaba todo.

—No digas tonterías —protestó ella—. La idea fue tanto tuya como mía —hundió la cabeza entre las manos—. Mi padre estará furioso.

La radio del todoterreno estaba puesta en la

cadena de noticias. Ninguno de los dos le estaba prestando atención hasta que el locutor dijo:

—Ahora analizaremos el escándalo sexual protagonizado por la hija del juez Archer, candidato a gobernador.

—Maldición —dijo Diego, alargando la mano para apagar la radio.

—No, espera. Necesito saber cuál es la gravedad de la situación.

—¿Estás segura?

Ella tensó la mandíbula y asintió.

—Está con nosotros el escritor y analista político Eric Provost —dijo el locutor—. Bienvenido, Eric, y gracias por estar hoy aquí.

—Gracias por invitarme, Dave —replicó Eric.

Abby frunció el ceño.

—¿Eric Provost? ¿No es el tipo que escribió el reportaje sobre tu trabajo con adolescentes?

Diego asintió.

—Tengo que decirte una cosa, Abby.

Ella lo hizo callar, porque quería oír lo que decía Eric. A su pesar, Diego subió el volumen de la radio.

—¿Qué piensas de la portada de esta mañana del *Confidential Inquisitor,* Eric?

—Creo que es para morirse de risa, Dave. Tenemos al conservador juez Archer, con su campaña por el endurecimiento de las penas para los delincuentes juveniles, tragándose el orgullo porque su hija ha sido fotografiada teniendo relaciones sexuales al aire libre, por no mencionar que también estaba profanando uno de los tesoros naturales de Sedona.

—Muy bien, Eric —murmuró Diego, con ironía—. Ahora también se nos echarán encima los ecologistas.

Abby tenía las manos entrelazadas en el regazo. Él estaba seguro de que estaba haciendo un esfuerzo por no llorar.

—Basta —dijo, dispuesto a apagar la radio—. Te hace daño.

—Déjame oírlo. Tengo que saber a qué se enfrenta mi padre.

Diego aceptó de mala gana. Quería reconfortarla, pero ella no parecía estar de humor para permitírselo. Además, estaba cada vez más angustiado. No había podido explicarle por qué se sentía culpable y tenía la impresión de que ya era demasiado tarde.

—¿Sabes lo que me parece más irónico de toda esta situación? —estaba diciendo Eric—. El tipo que está en la fotografía con Abby Archer se llama Diego Creed. Hace diez años, el juez Archer lo metió en la cárcel por un delito menor, y tras el incidente, la relación de Diego con su familia se rompió irremediablemente.

—Es un dato interesante —comentó Dave.

Abby volvió lentamente la cabeza hacia Diego.

—Diego, amigo, si estás escuchando, has conseguido vengarte del juez Archer, por la semana que te hizo perder en la cárcel —declaró Eric, empeorando las cosas—. Manchar la reputación de la hija del juez ha sido una idea brillante. Golpearlo justo donde le duele, en su propio terreno. Mostrarlo como el hipócrita que es.

—¿Por eso querías apagar la radio, Diego? —preguntó Abby, con tono acusador—. Tenías miedo de que tu amigo revelara tu secreto, como acaba de hacer.

Él era incapaz de mirarla. No podía soportar ver el dolor en sus ojos y saber que él había sido el causante.

—Abby, yo...

—Sólo te has acostado conmigo para vengarte de mi padre.

La angustia de la voz de Abby lo estaba matando.

—No es así.

—¿Y cómo es?

Él se mordió el labio inferior.

—Mírame, Diego.

No era ningún cobarde. Lo único que podía hacer era afrontar lo que había hecho y rogar que ella pudiera perdonarlo. La miró a los ojos. La mirada de Abby estaba llena de pena y de desilusión.

—Es cierto, ¿verdad? —dijo ella, al borde de las lágrimas—. ¿Hiciste el amor conmigo para vengarte de mi padre?

—Al principio hubo algo de eso —reconoció Diego—. Pero al ver cómo te abrías a la pasión, cómo te convertías en ti misma, mis motivos cambiaron completamente. Tienes que creerme, Abby. Nunca quise hacerte daño.

—Basta. No quiero oír nada más.

—Tienes todo el derecho de enfadarte conmigo, me lo merezco. Pero en el fondo de tu corazón sabes que te quiero.

—Esta es una forma espantosa de demostrarlo, Diego. Has destrozado la vida de mi padre. Para el coche. Quiero bajarme.

—Sé razonable, Ángel. No puedo dejarte aquí, en mitad de ninguna parte.

—Por si no te has dado cuenta, estoy siendo razonable. Tú eres quien me ha enseñado. Y no te preocupes por dejarme en la carretera; los periodistas que nos persiguen no tardarán en llegar. Estoy segura de que estarán encantados de llevarme al hotel a cambio de una entrevista. Ah, por cierto, no quiero volver a verte en mi vida.

Con el corazón destrozado y las piernas temblorosas, Abby se bajó del todoterreno en cuanto Diego aparcó.

—Abby —suplicó él—. Por favor, tienes que escucharme.

Ella tomó la revista del asiento trasero y se la puso delante de la cara.

—¿Cuánto pagaste para humillarme públicamente?

Abby sabía desde siempre que él le guardaba rencor a su padre y a la gente de Silverton Heights, pero ni en un millón de años habría sospechado que podría ser tan frío y calculador como para contratar a alguien para que los fotografiara en un momento de intimidad.

Se sentía una estúpida por haber fantaseado con su futuro y haber planeado mudarse a Sedona por él.

Diego se bajó del todoterreno, le quitó la revista y empezó a romperla con furia.

—Yo no contraté a nadie para que nos siguiera y nos sacara fotos. Y si no me crees, no hay ninguna esperanza para nosotros.

Abby se quedó mirándolo fijamente. Diego se estremeció, pero no se echó atrás.

—Lo que tengo que decir no va a gustarte —dijo ella—. Te aconsejo que subas al todoterreno y te vayas antes de que diga algo de lo que me arrepentiré toda la vida.

—Dilo —replicó él, tensando la mandíbula—. Merezco que me castigues.

Lejos de insultarlo, Abby se dio la vuelta y empezó a caminar para alejarse de él.

—Escapar no es la solución —le gritó Diego—. Quédate y discute conmigo. Sé que has aprendido que es mejor afrontar los conflictos que negarlos.

Ella no contestó. No podía. Temía que las lágrimas la traicionaran, y no estaba dispuesta a darle la satisfacción de verla llorar.

Diego corrió tras ella, la tomó del brazo para detenerla y la obligó a mirarlo.

—Abby, por favor. Tienes que dejarme solucionar este lío.

—Algunas cosas no se pueden perdonar, Diego. Estoy segura de que lo sabes.

—¿Qué quieres decir?

Abby no lo había visto jamás tan nervioso y asustado.

—Nunca has podido perdonarnos completamente a mí, a mi padre, ni siquiera al tuyo, por lo que pasó cuando tenías dieciocho años. Se te trató injustamente, es cierto. Pero tienes que dejar atrás el pasado. Te has estado escondiendo en Sedona, diciéndote que eras libre e independiente, que no necesitabas seguir las reglas ni adaptarte a las normas de la sociedad. Tientas a la suerte. Te enorgulleces por atreverte a hacer cosas que muy pocos han hecho. Pero lo cierto es que eres altanero, intransigente y terco. Y sobre todo, cobarde.

—¿Cobarde?

—Reconócelo, eres un farsante. Tienes miedo de que los demás te rechacen, como yo tenía miedo de explorar mi parte apasionada.

—Abby... —dijo él, con la voz quebrada.

Aunque verlo a punto de derrumbarse la desgarraba, estaba decidida a no dar marcha atrás.

—¿Cómo puedo arreglar esto? —preguntó él.

La angustia lo transformaba. Parecía triste y arrepentido. Abby endureció el corazón. No iba a perdonarlo tan fácilmente.

—No sólo me has herido a mí, sino que has dañado la reputación de mi padre. No creo que puedas arreglar eso.

A Diego le brillaron los ojos con furia.

—De acuerdo. Si no puedes perdonarme, estás en tu derecho. Pero al margen de lo que sientas por mí, hay una cosa que es cierta, y no puedes hacer nada para cambiarla.

—¿Y qué es?

—Estoy enamorado de ti.

Acto seguido, Diego se dio la vuelta, volvió al

todoterreno y se marchó, dejando a Abby más confundida y abatida que nunca.

Todo lo que Abby había dicho sobre él era cierto. Era altanero, intransigente y terco, y demasiado cobarde como para pedir perdón y perdonar.

Tenía que enmendarlo. Estaba dispuesto a hacer todo lo que fuera necesario para reparar la situación de Abby y el juez. Descubriría quién había sacado aquella fotografía.

Le pidió a un amigo piloto que lo llevara a Clearfork, en California, donde estaban las oficinas de *Confidential Inquisitor*. Quería respuestas y no se daría por vencido hasta obtenerlas.

Una vez en California tuvo que amenazar con presentar una demanda, pero al final le dijeron que el fotógrafo se llamaba Lance Peabody, que se ganaba la vida retratando a los políticos y sus familiares con los pantalones bajados y que vivía en Phoenix.

A la mañana siguiente, Diego llamó a la puerta de Lance Peabody y no se sorprendió al ver que abría el calvo del coche blanco.

Peabody trató de cerrar la puerta cuando lo reconoció, pero Diego ya tenía la mitad del cuerpo dentro y se le echó encima, con su mejor pose de chico malo.

—¿Quién te contrató para sacar esas fotos de la hija del juez Archer? —preguntó.

El fotógrafo retrocedió hasta que se topó con la pared del salón.

—Si no hubieras montado ese espectáculo en el puente, no habría tenido nada que fotografiar.

Diego tuvo que hacer un esfuerzo para contener las ganas de golpearlo.

—¿Quién te dio la idea?

—Nunca revelo mis fuentes. Sería un suicidio profesional.

—Te pagaré el doble de lo que te hayan pagado —dijo Diego, sacando un fajo de billetes de la cartera.

Doscientos dólares fueron suficientes para que Peabody traicionara su supuesta confidencialidad.

—Me contrató un tal Ken Rockford.

Había valido la pena vaciar la cartera para tener una segunda oportunidad con Abby.

—¿Ken Rockford? ¿Estás seguro? —insistió Diego, frunciendo el ceño—. Pero es el jefe de campaña del juez Archer. ¿Por qué querría Archer causar un escándalo que involucrara a su propia hija?

Peabody sonrió.

—Eso es lo más interesante. Rockford trabaja en secreto para Mack Woodruff, saboteando la campaña de Archer.

—¿Y qué gana Rockford con esto?

—Tiene algo que ver con las leyes de calificación de terrenos de la carretera estatal —explicó Peabody—. Woodruff quiere cambiar la ley para poder construir una nueva carretera. La familia de Rockford tiene un terreno cerca de donde se construiría, y la nueva carretera triplicaría el valor de la propiedad. Archer se opone a que se construya.

—Comprendo.

Diego había obtenido las respuestas que necesitaba. Había llegado el momento de visitar al ilustre juez Archer.

13

Abby no estaba dispuesta a llorar. Se negaba a dejar que Diego le hiciera tanto daño.

En el fondo sabía que no tenía derecho a crucificarlo por los motivos que había tenido para seducirla, cuando ella misma había querido tener una aventura sólo para dejar de fantasear con él. Ella también lo había utilizado. No estaba libre de culpa.

Se acurrucó en su cama del balneario y gimió acongojada sin saber qué hacer. No tenía idea de adónde había ido Tess. Su padre la había llamado insistentemente y había dejado mensajes pidiendo que lo llamara, pero no estaba preparada para dar la cara ante él.

Aún no.

No sabía cómo decirle que había cometido un terrible error y que él pagaría las consecuencias.

Se preguntaba cómo había podido ser tan estúpida, tan crédula. El abandono de Ken la había dejado en un estado de vulnerabilidad, y había cometido el error de escuchar a Cassandra y a Tess.

Pero no podía culparlas. Sólo habían avivado la chispa de rebeldía que tenía en su interior desde hacía años.

Abby pensó en la fotografía de la revista, cerró los ojos y gruñó. Pensó en el locutor de radio y en su entrevistado, que se reían a su costa. Para ellos, su vida era un chiste.

Su mayor temor se había hecho realidad. Por seguir ciegamente su pasión, había destrozado su mundo. Parecía haber perdido para siempre la paz mental y la integridad por las que tanto había luchado.

Estaba ante un dilema trascendental: aceptaba que su vida había cambiado irrevocablemente y ella había sido la causante o volvía a reprimir su pasión, hacía lo imposible por ganarse el perdón de su padre y se olvidaba de la existencia de Diego.

Tenía que elegir entre la ecuanimidad y el caos. Parecía una decisión fácil, pero no lo era. En absoluto.

En aquel momento, Tess entró en la habitación. Abby se sentó y parpadeó al ver la sonrisa beatífica de su mejor amiga.

—¿Tess?

—¿Sí?

—¿Estás bien?

—Sí —dijo Tess, sentándose en la cama, con ojos soñadores.

—Pareces...

—¿Qué?

—Bueno, mansa y tranquila.

—Me siento mansa y tranquila.

—Me asustas. Estás rara.

—Me siento rara —reconoció Tess, sonriendo de oreja a oreja.

—¿Qué ha pasado? ¿Estás bien?

—Nunca he estado mejor.

Tess tarareó una canción romántica.

—¿Has estado con Jackson?

—Así es.

—Espera un momento —exclamó Abby, comprendiendo lo que pasaba—. ¿Os acostasteis juntos anoche?

—No. Hemos hecho el amor. Anoche, está mañana y un montón de veces entre medias.

—¿Hecho el amor?

Abby nunca la había oído usar aquellas palabras para referirse al sexo.

—Ha sido increíble. Ningún hombre me había mirado de esa manera. Como si fuera algo muy especial.

—¡Eres especial!

—Excepto tú, hasta anoche nadie me había hecho sentir especial. Ni siquiera mis padres, Abby.

—Es maravilloso que Jackson te haga sentir tan bien.

Tess dejó de tararear y se puso tensa.

—¿De verdad?

—Por supuesto que sí.

—¿Aunque eso me cambie?

—Los cambios no son malos. Tal vez sólo estás madurando.

Tess se mordió el labio inferior.

—Me temo que más que eso, Abby. Quiero estar con él desesperadamente.

—Entonces debes estar con él.

—Jamás me había sentido así y tengo miedo.

—¿De qué tienes miedo?

—Ya conoces a mi familia. Somos un desastre.

—Todas las familias son un desastre. Pero hablamos de ti, no de ellos. ¿De qué tienes miedo?

—Me pone nerviosa cómo me está cambiando. Me comporto de forma diferente cuando estoy con él. Me siento diferente.

Abby entendía perfectamente el miedo de Tess. Diego la había cambiado en más de un sentido, y ya no había forma de recuperar a la antigua Abby.

—Me hace sentir tan cálida y tierna que temo perder mi actitud agresiva, mi dureza —continuó Tess—. Temo perder lo que me constituye.

El caso de Abby era el opuesto. Diego la hacía sentirse tan fuerte y valiente que tenía miedo de perder su ternura. Pero con Diego fuera de su vida ya no tendría que preocuparse por ello, sólo por el enorme dolor en su corazón.

—Creo que podría tomarme en serio a Jackson —añadió Tess.

—¿Tú? ¿Y tu fobia a las ataduras?

Tess se encogió de hombros.

—Es una locura, lo sé.

—¿Se lo has dicho a Jackson?

Su amiga la miró horrorizada.

—¿Y arriesgarme a que me rompa el corazón? No se lo puedo decir.

—¿Y cómo esperas tomártelo en serio? —preguntó Abby, exasperada.

—Es un sueño absurdo. Jackson es australiano.

—¿Y?

—Ni siquiera tengo pasaporte.

—Deja de darle vueltas, Tess. ¿Qué es lo que tanto te asusta?

—Está bien. Me aterra no ser suficiente para él —confesó ella—. Tiene admiradoras y viaja por el trabajo, y las relaciones a distancia no funcionan, como demuestra lo mucho que me alejó de mi familia el internado.

—Tal vez Jackson renuncie al cine por ti.

—¿Tú crees?

—Y si no, tal vez puedas aprender a confiar en él.

Abby no pudo evitar pensar que tal vez no fuera el mejor consejo. A fin de cuentas, tenía el corazón destrozado por haber confiado ciegamente en Diego. Pero antes de que pudiera retractarse, Tess se levantó y corrió hacia la puerta.

—Gracias, Abby, me has sido de gran ayuda. Me voy a jugar el corazón por Jackson. Espérame por si las cosas no salen bien, ¿puede ser?

—No te preocupes, Tess. Los hombres podrán ir y venir, pero yo siempre estaré aquí.

La mañana siguiente, Diego entró en el despacho del juez Archer y le mostró las pruebas de la traición de Rockford que le había dado Lance Peabody.

El juez Wayne Archer lo miró con gesto imperturbable antes de revisar la documentación.

—¿De dónde has sacado esto?

—Me lo dio Lance Peabody, el tipo al que Ken contrató para espiar a Abby a petición de Mack Woodruff, para dañar su reputación.

—Visto lo visto, diría que tú eres el que ha dañado la reputación de mi hija.

Diego lo miró a los ojos.

—Siento haberlo abochornado, juez. Nunca pretendí hacerle daño a su hija.

—Pero sé que querías vengarte de mí, por haberte encerrado en la cárcel cuando eras más joven.

—Había algo de eso, sí. Pero quiero a Abby y haría cualquier cosa por ella. Lo que incluye encontrar al hombre que la utilizó para crear un escándalo con el que destruir su carrera política.

Archer volvió a mirar los papeles que tenía en la mano y los estudió detenidamente.

—Dices que quieres a mi hija —dijo, al cabo de un rato.

—Con toda mi alma.

—¿Sigues siendo tan problemático como antes?

—He madurado con la edad —replicó Diego, alzando el rostro—, pero sigo haciendo las cosas a mi manera.

—Me alegro de oírlo. Abby necesita eso.

—¿Perdón?

—Te he juzgado mal, Diego. Y he subestimado a mi hija. Tiene la naturaleza aventurera de su madre, sí, pero también criterio propio, y está aprendiendo a usarlo. Creo que tengo que darte las gracias por eso.

Diego parpadeó sorprendido. Esperaba animosidad por parte del juez, no una disculpa.

—No debería haberte encarcelado por escribir obscenidades en las paredes del almacén de tu madrastra —añadió Wayne—. No debí hacerle caso a tu padre cuando me lo pidió, pero no me di cuenta del daño que te causaba.

—Para mí es muy importante oírlo decir esto.

—¿Cuándo viste a tu padre por última vez?

—Hace diez años, cuando me fui de Silverton Heights.

—Ve a verlo. Creo que estará encantado de hacer las paces.

—Sí. Gracias por el consejo —dijo Diego, poniéndose de pie.

El juez le dio la mano.

—Una cosa más.

—¿Sí?

—Cásate con mi hija antes de colgarla de otro puente, ¿de acuerdo?

Por temor a hacer algo que pudiera empeorar las cosas, Abby se quedó en la cama del balneario. Vio películas antiguas, lloró sin motivo, trató de no pensar en Diego y esperó una señal.

Cassandra la llamó para ver cómo estaba. Tuvieron una conversación agradable, y Abby se sintió más cerca de su madre que nunca, pero siguió sin atreverse a contestar las llamadas de su padre.

Dos días después de la fatal portada del *Confidential Inquisitor*, Abby estaba tumbada en la cama, mirando el telediario del mediodía, cuando anunciaron que el juez Archer haría una declaración oficial con relación a su hija y al escándalo del puente de Satán.

Abby vio cómo su padre anunciaba que había despedido a Ken Rockford, su jefe de campaña, y que había cambiado su política de mano dura para los delincuentes juveniles, porque se había dado cuenta de las limitaciones y las desventajas de tener una postura tan rígida.

Después, el juez había mirado directamente a la cámara y había dicho:

—Abby, cariño, te entiendo. Todo está perdonado. Te quiero. No importa lo que pase. Por favor, vuelve a casa.

Aquélla era la señal que estaba esperando. No todo estaba perdido. Su padre la quería, y ella a él. Podía volver a casa. Hizo las maletas, se despidió de Tess y de Jackson y se apresuró a regresar a Silverton Heights.

—¿Papá?

Diego entró en el jardín de su antigua casa y encontró a su padre sentado en el suelo, contemplando con tristeza la piscina vacía.

Lentamente, Phillip Creed levantó la cabeza para mirar a su único hijo.

—¿Diego? —dijo, mirándolo como si fuera un espejismo—. ¿Eres tú?

No esperaba que le resultara tan fácil abrazar a su padre, ni que la mezcla de emociones fuera tan intensa.

Ansiedad, tristeza, nostalgia y, lo más importante, perdón.

Su padre se levantó y lo abrazó con fuerza.

—Estás fantástico.

Diego le palmeó la espalda y dio un paso atrás. Lamentaba no poder decir lo mismo. Habían pasado diez años desde la última vez que lo había visto, pero por el cansancio y las arrugas, su padre parecía veinte años mayor.

—Siéntate, siéntate —dijo Phillip, señalando una silla—. Estaba a punto de desayunar.

Diego miró el vaso de zumo de tomate y la mezcla de bloody mary en la mesa del patio. Se preguntaba qué hacía su padre bebiendo un viernes por la mañana cuando se suponía que tenía que estar en su despacho en menos de una hora.

No era un buen síntoma. Echó un vistazo a su alrededor y notó otros indicios descorazonadores. El suelo estaba hundido, el jacuzzi necesitaba una mano de pintura, y Diego no recordaba haber visto nunca la piscina tan sucia y sin agua. El cristal de la mesa estaba empañado; las sillas, destartaladas, y los cojines, deshilachados.

El otrora lujoso jardín estaba en ruinas.

Su padre lo miró observar el lugar.

—Es un desastre, lo sé. He dejado que las cosas se vinieran abajo.

—¿Qué ha pasado? —preguntó Diego.

Phillip suspiró, tomó un trago de bloody mary y dijo:

—Meredith me dejó.

—Lo siento. No sabía.

—No hay por qué lamentarse. Tenías razón sobre ella.

—Eso no me hace sentir mejor.

—Me dejó sin nada, hijo. No sólo se quedó con buena parte de mi dinero en el divorcio, sino que sus negocios sucios me provocaron graves problemas legales. Cuando termine de pagar a los abogados, no quedará casi nada de esto para ti.

Phillip se despidió de la casa con un gesto de la mano.

—¿Me estás desheredando? —bromeó Diego, con una sonrisa.

—Jamás te he desheredado. Nunca modifiqué mi testamento, ni siquiera cuando Meredith insistía en que lo hiciera. Cometí un error terrible, hijo. Estaba tan apenado tras la muerte de tu madre que no podía ver que Meredith era un mal bicho. Me quedé con ella porque era demasiado orgulloso para reconocer que estaba equivocado.

—Todos cometemos errores.

—Pero el mío fue enorme, y no espero que me perdones fácilmente. Sé que te hice mucho daño.

—Sólo hay una cosa que me sigue molestando —se atrevió a decir Diego.

—¿Cuál?

—¿Cómo pudiste creer que había tratado de violar a Meredith?

—Era joven y atractiva, y estaba celoso —reconoció Phillip—. Veía cómo te miraba, y temía que la desearas de la misma forma. ¿Puedes creerlo? Tenía celos de mi propio hijo.

—Es agua pasada, papá. He vuelto y te perdono. Sólo espero que tú también me perdones.

—No tengo que perdonarte nada, hijo. No hiciste nada malo.

—Dejé que la terquedad y el resentimiento me impidieran volver a verte. Me dejé cegar por el rencor.

—¿Considerarías la posibilidad de volver a casa, Diego? ¿Y ayudarme a enderezar el negocio antes de perderlo?

—Nada me gustaría más.

—Gracias.

Se abrazaron de nuevo.

—Pero antes necesitamos deshacernos de esto —dijo Diego, vaciando el vaso de bloody mary en la tierra.

—Tienes razón. Me alegro mucho de que estés aquí.

—Yo también.

A Diego se le hizo un nudo en la garganta al ver las lágrimas en los ojos de su padre.

Se sentía feliz. Su padre y él habían hecho las paces. Podían empezar a construir una relación más fuerte que la que tenían, incluso antes de que la madre de Diego muriera. Estaba tan contento que se arriesgaría y volvería a casa.

Sabía que aquel cambio habría sido imposible

sin Abby. Ella le había demostrado que las heridas habían sanado, que no tenía que hacer nada más para ganarse el afecto y la aprobación de los demás. Sin querer, Abby le había enseñado a perdonar.

Sólo faltaba conseguir que ella lo perdonara.

14

La parrillada que había organizado Abby en un rancho local para recaudar fondos para la campaña electoral de su padre estaba saliendo muy bien. Los encargados de la comida habían cumplido con la entrega. Los invitados estaban disfrutando de las actividades que ofrecía el lugar. Y lo mejor de todo, los medios de comunicación tenían la mejor actitud para con ellos.

De hecho, el tema del día estaba centrado en Mack Woodruff y sus negocios sucios. Las encuestas indicaban que el juez había subido diez puntos en intención de voto. El escándalo de Abby se había convertido en una historia de interés humano y le había dado a su padre una imagen mucho más accesible. Los votantes valoraban que un político reconociera públicamente que tenía problemas familiares, como cualquiera.

Habían pasado dos semanas desde que Abby había vuelto a su casa. Su padre no sólo la había recibido con los brazos abiertos, sino que además la había nombrado su nueva jefa de campaña. Le había pedido perdón por haberla sobreprotegido, y ella le había pedido disculpas por avergonzarlo. Y habían descubierto que la pelea que habían tenido había servido para fortalecer su relación.

Su padre la respetaba como nunca lo había hecho, y ella había aprendido a separar sus deseos y sus opiniones de las de él. Incluso, por primera vez en su vida, discutían de política. Aquellos cambios la hacían sentirse libre.

Jamás hablaban de Diego, pero Abby no podía dejar de pensar en él. Seguía sintiendo una combinación de emociones: amor, deseo, furia y desesperación.

Había comprendido que, aunque había salido herida de su breve romance, el dolor había valido la pena porque por fin se sentía viva.

Diego le había regalado su propia pasión, y era algo de lo que le estaría eternamente agradecida.

No había un solo día en que no mirara al cielo y recordara lo que habían compartido.

—Estás haciendo un gran trabajo, cariño —afirmó su padre, acercándose a ella—. Harry Cornwell acaba de donar un cuarto de millón y ha dicho que el mérito era tuyo.

—Eso es fantástico, papá.

—Por cierto —dijo el juez, como de pasada—

, ¿te he comentado que he contratado a un pi-loto para hacer una pequeña demostración de acrobacia aérea para nuestros invitados?

—No. Bonita forma de mantener informada a tu jefa de campaña —lo reprendió—. De haberlo sabido, me podría haber ocupado de que hubiera gradas.

—Ya me he encargado de eso.

Mientras hablaba, un enorme camión cargado con gradas portátiles aparcó enfrente del rancho.

—La avioneta debería estar aquí en veinte minutos —dijo el juez, mirando el reloj.

Un grupo de operarios montó las gradas, y los invitados tomaron asiento. Abby estaba ocupada hablando con los seguidores cuando el sonido del motor de un biplano captó la atención de los presentes.

Durante diez minutos, el avión hizo unas acrobacias espectaculares. El corazón de Abby volaba junto a él. Soñaba que estaba entre las nubes, surcando el aire.

Y entonces la avioneta empezó a escribir algo en el cielo.

Al ver el humo blanco, Abby recordó el día en que había visto un avión escribiendo «caída libre» sobre las montañas rojas de Sedona.

La multitud deletreó las letras que el piloto dibujaba en cielo:

A b b y

Tardó un momento en darse cuenta de que era su nombre. Se llevó una mano al corazón y se sorprendió al descubrir que latía erráticamente.

Archer

Todos los ojos se volvieron hacia Abby.

Ella no salía de su asombro. Aún faltaba mucho para su cumpleaños.

¿Quieres

Abby le lanzó una mirada a su padre.

—¿Qué es todo esto? —preguntó.

Él sonrió de oreja a oreja.

—Sigue mirando.

A ella se le hizo un nudo en la garganta y se le llenaron los ojos de lágrimas. La expectativa de la siguiente palabra le hacía cosquillas en el estómago.

casarte

Cuando el piloto escribió la segunda «a», a Abby se le aflojaron las rodillas y tuvo que sentarse en el suelo.

—¿Estás bien, cariño? —le preguntó su padre.

Ella lo tomó de la mano.

—¿Diego? —susurró.

—¿Quién si no?

—Pero ¿lo habéis planeado juntos?

Su padre asintió.

—Todo saldrá bien. Respira hondo.

—¿Lo apruebas?

—Los dos tenéis mi bendición.

Después de que el piloto terminara de escribir la frase en el cielo, un hombre saltó de la avioneta en paracaídas.

Dos minutos más tarde, Diego estaba en tierra, quitándose los arneses. Abby corrió a abrazarlo.

Allí estaba. Su alma gemela, su compañero, el

hombre al que amaba con cada fibra de su ser. El hombre que siempre había amado.

Los ojos negros de Diego estaban llenos de pasión, y sus sensuales labios tenían una de sus sonrisas pícaras más seductoras. Ella sentía que el corazón le iba a estallar y se había olvidado de respirar.

Se miraron a los ojos. La mirada de Diego era tan cálida e intensa que Abby sentía que podía abrasarle el alma.

—Y bien —dijo él—. ¿Qué dices? ¿Puedes perdonarme y casarte conmigo?

Ella echó un vistazo a su alrededor y se dio cuenta de que todos los presentes estaban conteniendo la respiración a la espera de su respuesta.

—Sí —contestó, con toda la pasión que había en ella—. Sí, sí, sí.

La multitud estalló en un aplauso.

Diego la besó como nunca la había besado. La besó como si el destino del mundo dependiera de ello.

Cuando terminó, se volvieron para ver la sonrisa de aprobación de su padre.

—Podéis usar mi caravana —dijo el juez, ofreciéndoles una llave—. Está aparcada al final de la zona de acampada.

Abby se sonrojó, pero no estornudó y aceptó la llave.

—Gracias, papá.

Su padre le besó la mejilla.

—Gracias a ti, cariño, por enseñarle a este zorro viejo un par de trucos nuevos. Ahora podéis iros. Tenéis cosas de qué hablar. Yo puedo ocuparme del mitin.

Abby corrió delante de Diego, haciendo que la persiguiera.

Antes de que la puerta se cerrara detrás de ellos, Diego la tomó entre sus brazos y volvió a besarla.

Ella cerró los ojos y se rindió al placer del momento mientras pensaba que Diego era su fuego, su llama.

Él le desabotonó la blusa, le quitó el sujetador y le acarició los senos. Ella abrió los ojos y lo miró a la cara para convencerse de que no era un sueño, de que Diego le había pedido realmente que se casara con él.

—No soy un sueño, Ángel —dijo él, leyéndole la mente—. Esto está pasando de verdad.

—¿Por qué has esperado dos semanas para venir a verme? —protestó—. Mereces un castigo por torturarme de esa manera.

—Para mí también ha sido una tortura, pero tu padre creyó que sería mucho más romántico que te pidiera que te casaras conmigo de esta forma, aunque tuviera que esperar dos semanas para poder hacerlo.

—Ha sido espectacular. Algo para contarles a los nietos.

—No podía hacer una petición de mano mediocre a mi chica apasionada.

—Parece que has hecho las paces con mi padre.

—Y con el mío.

—Eso es maravilloso. ¿Has perdonado a todos los que te trataron mal?

—Y ellos me han perdonado a mí. Sólo faltas tú. ¿Podrás perdonarme por lo mal que te he tratado?

—Por supuesto que sí. Además, era yo la que sólo quería tener una aventura, ¿recuerdas?

—Supongo que te he estropeado los planes —bromeó él.

—El único motivo por el que quería tener una aventura era que después de diez años no dejaba de tener fantasías eróticas contigo. Pensé que si me acostaba contigo, me libraría de tu recuerdo. Pero estaba equivocada. No puedo librarme de ti.

—Tengo suerte —murmuró él, besándole los párpados, la nariz y las mejillas.

—¿Y dónde vamos a vivir? ¿Aquí o en Sedona?

—Estoy ayudando a mi padre a recuperarse, así que sería conveniente que nos quedáramos en Phoenix. Pero conservaré la casa en Sedona para que podamos escaparnos cada vez que nos apetezca ir a hacer el amor a un vórtice.

—¿Te he dicho alguna vez que me gusta tu forma de pensar?

—No lo suficiente.

Él le deslizó la boca entreabierta por el cuello. A Abby se le aceleró el corazón al sentir el calor abrasador de su lengua.

Diego olía a hombre y a la tierra roja de Arizona, y tenía una piel cálida e irresistible. Lo deseaba tanto que ya no podía contenerse. Se quitó los pantalones y los tiró a un lado. Después, le tomó la mano, se la llevó al pubis y le mordió suavemente los labios.

—Hazme el amor, Diego. Dos semanas sin ti han sido demasiado.

Él la levantó en brazos y la llevó a la cama. Abby sentía que acababa de despertar de un largo sueño para descubrir que había empezado su vida real.

Sin decir una palabra, Diego se desvistió y le quitó las braguitas. Una vez desnudo, la sentó en el borde de la cama, le separó las piernas y entró en ella, gimiendo al sentir la cálida humedad que lo rodeaba.

Habían estado separados demasiado tiempo para juegos previos. Los dos estaban desesperadamente hambrientos.

Abby arqueó la espalda, levantando las caderas para acoger las impacientes arremetidas, urgiéndolo a seguir.

—Sí, sí —gimió.

Aquello era lo que había estado deseando, lo que tanto había echado de menos. La conexión vibrante, la fuerza electromagnética; el vasto, maravilloso e indulgente amor.

La energía de su unión arrasó todos sus pensamientos racionales. No podía hacer nada, salvo entregarse al placer. Rodeó las caderas de Diego con las piernas y lo empujó dentro de ella. Quería más. Tenía que tener más.

Empezaron a mover la pelvis frenéticamente. Diego apretó los dientes, y Abby supo que estaba haciendo un esfuerzo por controlarse.

—Relájate —susurró, mirándolo a los ojos.

Con un grito ahogado, él alcanzó el éxtasis. Oírlo gemir y sentirlo temblar dentro de ella la arrastró a su propio clímax.

Mientras se estremecían por la fuerza del orgasmo, sus gemidos reverberaban contra las paredes de la pequeña caravana.

Diego se desplomó en la cama, recostó a Abby encima de él y la abrazó.

—Te quiero, Abby —dijo, aún sin aliento.

Ella le besó el cuello.

—Y yo a ti, Diego.

Se quedaron en aquella posición durante un largo rato. Abby se dio cuenta de que nunca se había sentido tan completa, tan contenta, tan plena.

El amor por ella brillaba en los ojos de Diego, y en aquel brillo ella podía ver su propia pasión. Diego quería a la verdadera Abby, a la que ella había encerrado tan celosamente en su interior.

Lo besó lenta, suave y lánguidamente. No había ninguna prisa. Tenían el resto de sus vidas.

Epílogo

—¿Sabes lo que necesitas?

—¿Qué?

—Algo azul —dijo Tess, dándole un pañuelo de encaje azul—. Tengo dos.

—¿No te has enterado? No necesito un pañuelo. Ya he dejado de estornudar.

—Desde que aprendiste a aceptar tu pasión y a dejar de negarte a ti misma.

Abby miró a su mejor amiga, radiante en su vestido de novia, y sonrió. En la iglesia las esperaban los invitados y sus ansiosos novios.

Seis meses atrás, cuando habían ido por primera vez a Sedona, ninguna de las dos sabía que descubrir el poder de los vórtices sería un acontecimiento que cambiaría sus vidas para siempre.

El pianista comenzó a tocar la marcha nupcial.

—Creo que ha llegado la hora —dijo Tess, mientras se abrazaban.

Después, se dieron la vuelta y caminaron hacia el altar del brazo de sus padres.

Una boda doble. Dos mejores amigas habían encontrado el amor verdadero al mismo tiempo. El corazón de Abby rebosaba felicidad.

El recién elegido gobernador Archer le apretó la mano.

—Estoy muy orgulloso de ti, Abby. Y de Diego.

—Gracias, papá, significa mucho para mi.

Cassandra y su joven amante los saludaron cuando pasaron por delante. Su madre era única. Abby se alegraba tanto de haber heredado la pasión de su sangre gitana como de haber contado con la influencia tranquilizante de su padre. Tenía lo mejor de ambos mundos.

Cassandra le guiñó un ojo y, moviendo los labios sin emitir sonido, le dijo:

—Tienes pasión.

Abby volvió la vista hacia el altar y vio que la miraba Diego. Desde luego, tenía pasión de sobra.

Cuando llegó al altar, a él se le iluminó la cara con una sonrisa.

—Estás preciosa —susurró, con devoción.

Mientras el sacerdote casaba a Tess y a Jackson, Diego le apretó la mano.

«Estoy aquí», decía aquel apretón. «Ahora y siempre».

Abby sintió que se le paraba el corazón al mirar al hombre tenaz y aventurero que la había ayudado a convertirse en la persona que deseaba ser.

La persona equilibrada que era cuando mi-

raba los adorables ojos de Diego. Se complemen-
taban: cada uno aportaba algo vital a la relación.
Juntos habían encontrado el equilibrio perfecto.

Después de que el sacerdote los declarara marido y mujer, Diego la atrajo hacia sus brazos y la
besó apasionadamente.

Aquello era lo que Abby había estado deseando durante más de diez años. Cercanía, intimidad y amor.

Mientras Diego la abrazaba y los invitados
aplaudían, Abby le susurró al oído:

—Vamos a algún lugar privado antes del ban-
quete.

Diego soltó una carcajada.

—¿Que estás sugiriendo, Ángel?

—Ya lo sabes.

Abby se puso colorada.

—Vamos —dijo él, guiñándole un ojo—. Si lo
quieres, tendrás que pedirlo.

—De acuerdo. Diego Creed, sácame de aquí y
hazme el amor apasionadamente, porque te deseo y... bueno, porque me da la gana.

¡Escapa con los Romances de Harlequin!

¡Nuevos títulos cada mes!

Bianca Historias de amor internacionales

Deseo Apasionadas y sensuales

Jazmín Romances modernos

Julia Vida, amor y familia

Fuego Lecturas ardientes

INTRIGA Amor y suspense

¡Compra tus novelas hoy!

Disponibles en el departamento de libros de tu tienda local

OBSESIÓN ARDIENTE
Susan Kearney

La relación que había surgido entre ellos era apasionada y ardiente, pero lo que pasaría después no aparecía en el guión...

A Kimberly Hayward le gustaba mucho cuidar los detalles del guión; por lo que, para que aquella película de acción y aventuras resultara real, había estudiado atracos y asesinatos. Ahora tenía que dar más vida a las escenas de amor y ¿quién mejor para ayudarla en su investigación práctica que el misterioso y sexy Jason Parker?

El agente Jason jamás se había encontrado con una misión como aquélla... tenía que seguir a una guapísima rubia que parecía estar metida en algo sospechoso. Estaba seguro de que la misión no incluía hacer realidad sus fantasías eróticas junto a Kimberly, pero ¿quién podría resistirse? Ella lo sedujo una noche... y hasta tomó notas. ¡Qué extraño!

PASIONES PROHIBIDAS

Amanda Stevens

Un hombre que había prometido defender la ley iba a romper todas las reglas por una mujer...

Jack Fury llevaba tiempo observando a Celeste Fortune esperando el momento ideal para conocerla y salvarla de un asesino. Pero había algo que Jack no sabía acerca de Celeste... ¡era una impostora!

Cassie Boudreaux estaba haciéndose pasar por su prima Celeste mientras ella estaba con su amante. Para Cassie aquélla era la oportunidad de oro para salir de la vida tranquila y rutinaria del pueblo, pues en el papel de Celeste encontraría emociones y aventuras. Lo que no había previsto era encontrarse con un protector tan atractivo como Jack... o con un asesino.

Deseo®

La magia del momento

Joan Hohl

Justin Grainger vivía de acuerdo a sus propias reglas y ninguna de ellas incluía tener que sentar la cabeza. Por eso, cuando conoció a la sexy dama de honor de la boda de su hermano, sólo pensó en seducirla y en disfrutar de una semana de pasión sin compromisos. Pero al final de la semana, Justin tenía la sensación de que había perdido algo más que una amante...

Hannah cayó en la tentación que Justin le ofrecía y lo siguió en aquel torbellino de sensaciones sabiendo que era algo temporal... pero deseando que fuera algo más. Y sin sospechar que podía haber consecuencias...

**Algunas cosas podían diferenciar
a un hombre del resto...**